LE MONDE S'EST-IL CRÉÉ TOUT SEUL ?

TRINH XUAN THUAN, ILYA PRIGOGINE,
ALBERT JACQUARD, JOËL DE ROSNAY,
JEAN-MARIE PELT, HENRI ATLAN

Le monde s'est-il créé tout seul ?

ENTRETIENS AVEC PATRICE VAN EERSEL,
AVEC LA COLLABORATION DE SYLVAIN MICHELET

ALBIN MICHEL

Ouvrage publié sous la direction
de Patrice Van Eersel

ISBN : 978-2-253-12826-7 – 1re publication LGF

Introduction

Comment la science explique-t-elle l'origine de l'univers ?

Comment l'univers a-t-il commencé ? A-t-il existé de toute éternité ? Ou a-t-il démarré à un certain instant T ? L'éternité a ceci de commode qu'elle renvoie la question si loin qu'elle la supprime – mais se pose alors le mystère de l'infini, devant lequel la raison bégaye... Cela dit, depuis une quarantaine d'années, contrairement à ce que pensaient Albert Einstein, Fred Hoyle et de nombreux savants sceptiques jusqu'aux années 60, la théorie du Big Bang – ainsi baptisée par ses détracteurs, qui voulaient s'en moquer – est systématiquement confirmée par les nouvelles découvertes, de plus en plus spectaculaires, de l'astrophysique. Tout se passe comme si ce que nous appelons *le cosmos* – ou *le réel*, ou *le monde* – avait réellement commencé il y a environ quatorze milliards de nos années solaires (13,7 milliards aux dernières nouvelles). Et comme si, de cette inimaginable « explosion » d'un point infiniment petit, étaient sortis l'espace, le temps, la matière, l'énergie, tout !

D'une certaine façon, cela ressemble tant à un conte de fées que l'on a du mal à y croire. Qu'y avait-il avant cet instant T ? Ni matière, ni énergie, ni espace, ni temps… si bien que le mot « avant » n'avait d'ailleurs, ou plutôt n'a, en ce cas, aucun sens, ce qui annule la question.

Bien sûr, depuis la théorie formulée par Edwin Hubble en 1929 et reprise par George Gamow et Ralph Alpher en 1948 (date du premier article scientifique complet sur la naissance de l'univers à partir d'une « singularité »), toutes sortes de gens se sont empressés d'affirmer que la science prouvait ainsi la réalité du mythe biblique de la création du monde.

« Dieu dit : “Que la Lumière soit !”… » et l'univers se met à exister.

Il y a plusieurs façons de réagir à cette mise en parallèle syncrétique d'une découverte scientifique et d'une croyance métaphysique.

La plus simple est de rappeler que les religions et les mythes s'intéressent à l'absolu, qu'on ne peut décrire que par métaphores symboliques, alors que la science et ses instruments ne mesurent et n'expliquent que le relatif, qu'elles décrivent par des théories sans cesse renouvelées. Un jour, par exemple, les astrophysiciens prouveront peut-être qu'il existe une infinité de Big Bangs et de Big Crunches, signalant la naissance et la mort d'une infinité d'univers, ce qui ôtera toute qualité d'absolu à ce qui s'est passé « chez nous », il y a quatorze milliards de nos petites années solaires. Alors que les religions, elles, continueront éternellement à réfléchir à ce qui, symboliquement, marque l'origine de l'« Être », d'un point de vue ontologique. Il s'agit donc de deux domaines rigoureusement distincts et indépendants l'un de l'autre, qu'il serait absurde de vouloir comparer.

Une autre réaction simple à la propension de beaucoup de gens à poser l'équation « Big Bang = Genèse biblique » est de remarquer que l'esprit humain a une irrépressible tendance à projeter sa propre destinée sur celle de la nature et des éléments, de l'atomique au galactique, et à retrouver « inscrites dans le réel » des données semblant raconter toujours la même histoire (en fait, la nôtre), en l'adaptant à l'air du temps. À l'époque paléolithique, la création du monde était très probablement expliquée par des aventures animales, végétales ou minérales, extrapolées à des échelles gigantesques et racontées par des chamans. À l'époque biblique, cette origine était forcément le fait d'un dieu – en l'occurrence, celui, très pugnace, du peuple des éleveurs hébreux –, et l'histoire était racontée par des prêtres. À notre époque, le commencement de l'univers est forcément un événement physique, raconté par des scientifiques maniant des chiffres. Mais la « vraie » réalité, elle, échapperait à toutes nos tentatives de préhension.

Parmi les nombreuses autres réactions à l'interprétation religieuse ou spirituelle des données scientifiques de l'origine du cosmos, il en existe de plus philosophiques, traitant du concept même de création. Elles rappellent qu'en fait aucune science ne peut se saisir du phénomène appelé « création », car toute création est par essence unique, alors que le propre de la science est d'étudier ce qui est répétable. Ce serait là l'une des raisons qui font que l'origine ultime des choses et des êtres relève de la métaphysique, donc de la philosophie, et non pas de la physique ou de la biologie, c'est-à-dire de la science. Nous vivons certes à une époque où la science et ses dérivées technologiques sont si puissants que certains savants, particulièrement sûrs d'eux, prétendent parfois avoir « mis fin à la métaphysique » (c'était par exemple le cas de Jean-Pierre Changeux dans *L'Homme neuronal*[1]). Peut-être ces savants-là s'avancent-ils quelque peu à la légère…

Inversement, il existe de nouvelles formes de métaphysique, qui disent se fonder sur la science elle-même. L'une d'elles s'appelle le principe anthropique (du grec *anthropos*, homme). C'est de ce principe que part le présent ouvrage…

Dans sa version originelle, dite « faible » et énoncée en 1974 par Brandon Carter, un astrophysicien britannique travaillant à l'observatoire de Meudon, en France, ce principe explique que, si nous existons, c'est que l'univers l'a permis et que, s'il l'a permis, c'est logiquement que ses « conditions initiales », dès le Big Bang, ne s'y opposaient pas. D'une certaine manière, il s'agit d'une tautologie : si nous sommes là, à observer le cosmos, c'est que la chose était « cosmiquement possible », jusque dans le moindre détail, depuis le commencement des temps.

S'étonnera-t-on que la communauté scientifique ait facilement admis le principe de Carter ? Il n'en va pas de même de sa seconde version, beaucoup plus ambitieuse, certains diront téméraire…

Le principe anthropique fort affirme qu'en réalité, les formes les plus complexes qu'a prises le cosmos – molécules géantes, êtres biologiques, cerveaux mammifères, humanités conscientes – étaient potentiellement déjà là dès le Big Bang, contenues en germe dans la soupe primordiale.

1. Jean-Pierre Changeux, *L'Homme neuronal*, Fayard, 1983.

Comment cela ? Une métaphore simple peut aider à se figurer la chose. Prenez la matière telle que nous la connaissons. Ses premières apparitions après la naissance supposée de l'univers furent si chaudes et si denses qu'il s'agissait d'une chose innommable, une sorte de soupe infiniment opaque, brûlante, lourde, pressurée, etc. Pourtant, on pourrait dire que, potentiellement, les états plasmiques, gazeux, liquides et solides de la matière y existaient déjà. D'une façon infiniment plus complexe, le principe anthropique fort prétend, lui, que la vie biologique et même la conscience, donc l'humanité, existaient déjà, *en puissance*, dès le début de l'univers. La vie et la conscience seraient en quelque sorte des états inévitables, que l'univers se trouvait dans l'obligation de laisser émerger, ici ou là, à un moment ou à un autre…

Le principe anthropique fort s'appuie sur un impressionnant calcul de probabilités. Reprenant ce que nous savons des « conditions initiales » du cosmos, il se demande quel était le pourcentage de chance pour que les choses se passent comme elles se sont passées. Les ordinateurs modernes permettent en effet de calculer ce que serait devenu l'univers tout entier si l'on avait changé, ne fût-ce que d'un milliardième de iota, tel ou tel paramètre de départ (constante de Planck, vitesse de la lumière, densité, température, pression, etc.). Eh bien, selon le principe anthropique fort, il y avait une chance sur 10 000 000 000 000 000 000 000 000 000 000 000 000 000 000 000… (quarante-trois zéros en tout) pour que nous existions ! La probabilité était extraordinairement, fantastiquement, inconcevablement faible, qu'il y ait un univers stable, avec des particules atomiques, des nuages d'hydrogène s'effondrant en étoiles, des soleils géants créant des atomes lourds, des soleils moyens avec des planètes autour, des planètes stables accueillant la vie (nous en connaissons au moins une, mais il en existe certainement d'autres) et avec des conditions telles (une grosse lune, par exemple, pour stabiliser la chose) que cette vie devienne complexe et qu'y émerge ce que nous appelons la conscience humaine.

Un tel degré d'improbabilité rend rigoureusement impossible l'idée que tout cela se soit fait « par hasard ». Autrement dit, le principe anthropique fort prétend tirer de l'observation de l'univers et de ses origines le signe très suggestif, sinon la preuve formelle, qu'un « principe créateur » se trouve forcément à l'œuvre derrière – qu'on le nomme Dieu, Suprême Vacuité ou de quelque mot que ce soit.

Évidemment, cette assertion a aussitôt été accueillie par une grosse vague de protestation dans la communauté scientifique. On connaît le débat « Dieu contre Darwin[1] », régulièrement relancé dans les médias. On

1. Débat passablement faussé, dans la mesure où, sous le prétexte que certains esprits anachroniques voudraient nous ramener avant la modernité, au temps du créationnisme biblique, il faudrait accepter le monopole darwinien sur la question évolutive, alors que celle-ci fait l'objet d'une dizaine d'autres théories au moins, des plus spiritualistes aux plus matérialistes (cf. à ce sujet « Douze théories évolutionnistes sur www.nouvellescles.com). Comme dit Jean-Marie Pelt, il faut bien distinguer deux choses, confusément mêlées sous le même mot : le darwinisme est à la fois la première recherche vraiment scientifique sur l'évolution des formes vivantes (en cela, aucun esprit éclairé ne le conteste) et

connaît moins la joute au moins aussi passionnée et virulente qui oppose partisans et adversaires du principe anthropique fort. C'est cette joute que nous avons eu envie de présenter dans cet ouvrage.

L'un des plus éminents défenseurs du principe anthropique fort est l'astrophysicien Trinh Xuan Thuan, auteur de nombreux livres de vulgarisation qui ont connu un franc succès, dont *La Mélodie secrète* et *Origines*[1]. Nous lui avons demandé d'ouvrir le débat, en exposant amplement sa vision des choses et sa manière d'énoncer le fameux principe. Puis nous sommes allés voir cinq représentants de disciplines scientifiques qui, à un titre ou à un autre, ont quelque chose à dire sur le sujet, en particulier parce qu'ils connaissent bien une autre théorie, très récente et en plein essor au firmament du paradigme scientifique contemporain : l'auto-organisation, qui explique de quelle façon, à partir de quelques données de base, un système peut évoluer et engendrer des myriades de formes nouvelles, sans qu'il soit besoin de faire appel à un quelconque facteur extérieur pour l'expliquer.

À tous ces savants, nous avons donc demandé, avec un zeste de malice : « Le monde s'est-il créé tout seul ? »

Dans leur majorité, les chercheurs interrogés s'opposent au principe anthropique fort et répondent

---

une théorie particulière pour expliquer celle-ci (théorie forcément empreinte de l'idéologie d'une époque et donc dépassable et dépassée, un siècle et demi après). Cf. aussi *Dieu vs Darwin* de Jacques Arnould, Albin Michel, 2007.

1. Trinh Xuan Thuan, *La Mélodie secrète*, Gallimard, 1991 ; *Origines*, Fayard, 2003.

donc que, oui, à sa façon, le monde s'explique par lui-même. Chacun à sa manière : le physicien Ilya Prigogine (dont ce fut l'un des tout derniers entretiens, peu de temps avant sa mort) le fait avec solennité ; le biologiste Albert Jacquard avec bonhomie ; le cybernéticien Joël de Rosnay avec réserve... Le seul qui propose en quelque sorte un dialogue ouvert entre la vision scientifique – qui, par essence, ne peut appréhender la question de l'origine – et la vision métaphysique et religieuse – dont elle constitue au contraire le centre – est le botaniste Jean-Marie Pelt. Pour ce dernier, comme pour Trinh Xuan Thuan, eh bien, non, en dernier ressort, le monde ne se suffit pas à lui-même. Enfin, c'est par une conversation passionnée avec le médecin, biologiste et philosophe Henri Atlan – en opposition véhémente avec l'hypothèse de départ – que se terminera cette série d'entretiens qui nous a tenus en haleine cinq années durant.

Le principe anthropique fort est-il un piège tautologique ? Ouvre-t-il la voie à une problématique radicalement neuve ? Quelle est la place du hasard dans l'évolution du réel ? Qu'en est-il de la liberté humaine ? Sommes-nous étrangers au monde ? Sommes-nous au contraire les enfants que le cosmos attendait ? Les questions soulevées ici sont tellement énormes qu'elles ne peuvent en aucun cas être épuisées. Cela n'interdit pas de se les poser.

Patrice Van Eersel

1.

Entretien avec Trinh Xuan Thuan

« S'il n'existe qu'un seul univers, le nôtre, un principe créateur a forcément dû en régler les paramètres dès le début, pour qu'apparaissent la vie et la conscience. »

En tant que Vietnamien élevé dans la tradition bouddhiste, et en tant qu'astrophysicien confronté constamment à des notions de temps et d'espace, Trinh Xuan Thuan s'était souvent demandé si la réalité vue par un scientifique moderne coïncidait avec la vue de Bouddha quand celui-ci atteignit l'Éveil. Il n'était pas vraiment sûr que la question ait du sens, l'objet de la science étant le monde extérieur tandis que le bouddhisme, évidemment, regarde à l'intérieur. La science utilise l'intellect et la raison, se disait le chercheur ; elle catégorise, analyse, compare, mesure ; sa méthode expérimentale se fonde sur l'observation ; ses connaissances dérivent de l'expérience à travers des appareils de mesure, ce ne sont pas des pensées métaphysiques ; tandis que le bouddhisme utilise la contemplation et l'intuition, qui font naître de telles pensées. La science, elle, utilise un langage autrement formalisé, le langage mathématique. Mais n'était-il pas surprenant que des entités complètement abstraites, sortant de notre esprit, puissent décrire la nature avec tant d'acuité ?

Jusqu'ici, constatait le chercheur, la science a été réductionniste, c'est-à-dire qu'elle a isolé des fragments de réalité pour les étudier. Parce que la nature est complexe, la réduire à ses plus simples éléments a permis de progresser. Pendant longtemps, la science n'a pas tenté de décrire le cosmos dans son ensemble, mais a additionné une multitude de parcelles de réalité pour décrire le tout. Cette démarche tente de réduire la beauté et la richesse du monde aux seules particules, champs de forces et interactions. Elle fait l'hypothèse que tout système physique peut être disséqué en composants élémentaires, et que le comportement global du système peut être compris et expliqué par le comportement de ses composants, considérés comme fondamentaux. Tandis que le bouddhisme adopte un langage plutôt qualitatif et beaucoup plus holistique, qui regarde l'ensemble du réel plutôt que ses parties.

Les buts des deux démarches semblaient donc complètement différents. Trinh Xuan Thuan se demandait fiévreusement s'il était légitime de les faire se rejoindre et comment s'y prendre.

Le but de la science est l'étude des phénomènes : une cellule vivante, une planète, une étoile ou une galaxie. Avec ce qu'on appelle les lois physiques, le scientifique relie ensemble des phénomènes qui a priori ne semblent pas connectés. Ainsi, avec ses lois électromagnétiques, Maxwell a unifié l'électricité et le magnétisme. Einstein, avec sa Relativité, l'a fait pour le temps et l'espace, la matière et l'énergie. Les bonds d'imagination des scientifiques se produisent par des connexions. Pour le bouddhisme, le but essentiel n'est pas l'étude des phénomènes : ce but est toujours thérapeutique. Il s'agit de comprendre le réel afin de dissiper l'ignorance, agir sur soi et se transformer intérieurement afin d'atteindre l'Éveil. Le travail sur soi et la transforma-

tion intérieure apportent une connaissance suprême associée à une compassion infinie. Avec l'Éveil – connaissance de la nature ultime de l'esprit des phénomènes – il n'y a plus de séparation entre l'observateur et le monde.

Bref, ces questions trottaient dans l'esprit de l'astrophysicien. Y aurait-il une convergence entre la science et le bouddhisme ou deux discours parallèles ? Il eut alors la joie, en 1997, de rencontrer Matthieu Ricard, qui l'aida d'autant mieux à comprendre la philosophie bouddhique, qu'il avait un parcours en quelque sorte opposé au sien : scientifique d'abord, bouddhiste ensuite. Après sa thèse de biologie à l'Institut Pasteur, Matthieu était devenu moine bouddhiste tibétain. Mais il n'avait rien oublié de la méthode scientifique, il n'y avait pas à lui expliquer comment un scientifique voyait le réel. Parallèlement, il avait lu les textes bouddhiques fondamentaux, ce qui était essentiel. Les deux hommes discutèrent des heures durant, pendant de longues marches dans les montagnes pyrénéennes, puis ils exposèrent leurs explorations, leurs accords, leurs divergences, dans un ouvrage commun, L'Infini dans la paume de la main[1].

Trinh Xuan Thuan constata que les deux visions du monde présentaient en fait beaucoup de convergences. Par exemple, un concept fondamental du bouddhisme est celui de l'interdépendance. Ce concept dit que toute chose ne peut être définie que par rapport à d'autres : rien ne peut exister en soi, rien n'est sa propre cause. Un

1. Matthieu Ricard, Trinh Xuan Thuan, *L'Infini dans la paume de la main*, Nil-Fayard, 2000.

phénomène ne peut se définir de manière absolue, mais seulement relativement à d'autres. La science, de son côté, découvre ce principe de relativité par ses propres méthodes avec Galilée au XVIIe *siècle, principe développé au plus haut point par Einstein au* XXe *siècle...*

Patrice Van Eersel : Ma question de départ est toute simple : le monde s'est-il créé tout seul ?

Trinh Xuan Thuan : De quel monde parlez-vous ?

De l'univers : du monde matériel, des planètes jusqu'à nous, de tout ce qui existe – du moins, de ce que nous en connaissons.

Savez-vous combien cette connaissance est volatile ? Elle a constamment évolué en fonction du temps.

Je suppose en effet que chaque culture répondrait différemment à ma question. C'est précisément pourquoi je voudrais, avant de lancer le débat sur le terrain de la science, questionner votre point de vue. Il est spécifique : vous êtes nourri de plusieurs sources – Orient et Occident d'une part, science et philosophie de l'autre – et vous vous efforcez de les faire dialoguer, ce dont témoignent vos nombreux livres. Dans Origines[1], *par exemple, parmi d'extraordinaires photographies de planètes, d'étoiles ou de galaxies, vous passez en revue les*

1. Trinh Xuan Thuan, *Origines*, *op. cit.*

mythes portant sur la création du monde, et vous les confrontez à nos connaissances actuelles. Si donc je demande : « L'univers s'est-il créé tout seul ? », vous êtes sans doute particulièrement conscient de la diversité des réponses possibles ?

Je suis avant tout frappé par l'universalité de la question ! Depuis l'aube de l'humanité, elle n'a cessé d'être posée, et cela à toutes les époques et dans toutes les cultures. À mon sens, elle est même ce qui nous définit comme humains : elle montre que nos préoccupations dépassent la simple survie, elle fait appel à « quelque chose de plus ». Toutes les civilisations ont cette recherche en commun. Les alignements de Stonehenge, les peintures rupestres des grottes de Lascaux et de Chauvet, les statues polynésiennes de l'île de Pâques, la cité inca de Machu Picchu ou le complexe religieux khmer d'Angkor, tous les vestiges du passé le plus lointain nous offrent les manifestations d'une quête de la transcendance.

Et ainsi se dessine une histoire des origines ?

Au départ, la vision humaine de l'univers était surtout animiste. L'homme prêtait une âme et une vie aux arbres, aux animaux, à toute la nature. Nos ancêtres évoluaient dans un univers magique, animé de toutes sortes d'esprits. L'univers était illuminé pendant le jour par l'esprit Soleil et pendant la nuit par l'esprit Lune. Le tonnerre qui gronde, l'arc-en-ciel qui apparaît après une averse, la rivière qui monte, la pluie qui tombe, chacun de ces événements naturels était la manifestation d'un esprit. Si vous butiez contre une pierre, vous vous excusiez à l'esprit pierre ! Tout était familier, à la mesure de l'homme. Il y a vingt ou trente mille ans, les êtres qui ont peint des bisons, des rennes et des chevaux dans les grottes de Lascaux et de Chauvet se sentaient familiers et fraternels avec eux. Une nature tout entière « spirituelle » leur servait de modèle. Avaient-ils une idée quant à son origine ? Les anthropologues ont montré que chez certains peuples animistes, elle pouvait être conçue comme relevant d'un « grand esprit », tantôt masculin, tantôt féminin, tantôt les deux.

De cette vue animiste et magique, l'homme est ensuite passé à une pensée mythique il y a quelque dix mille ans. Les éléments naturels se sont transformés en dieux, tout en acquérant des pouvoirs surhumains. Dès lors, on ne pouvait plus leur parler familièrement. Pour communiquer avec eux, il fallait avoir recours à des intermédiaires spéciaux, des prêtres – qui gagnèrent par leur fonction un grand pouvoir. Ce furent d'abord des astrologues qui lisaient dans les événements naturels le destin des hommes. Observant le ciel, ils firent de la lune et du soleil des dieux et expliquèrent l'univers par des mythes. Pour les Égyptiens, par exemple, le ciel était le corps de la belle déesse Nout, dont les bijoux formaient les étoiles. Le dieu soleil Rê traversait son corps pendant le jour, pour revenir la nuit sur ses pas à travers les eaux souterraines dans les entrailles de la Terre. Ainsi se trouvait expliquée l'alternance du jour et de la nuit. Dans l'univers mythique, tout phénomène naturel, la création de l'univers incluse, était la conséquence des actions des dieux, de leurs amours et de leurs accouplements, de leurs haines et de leurs guerres. L'alliance entre l'homme et la nature fut rompue. L'homme se mit à adorer les dieux, mais perdit le contact intime et familier avec son environnement. Les dieux de l'univers mythique créent le monde, contrôlent tout et s'éloignent de l'homme. Eux seuls ont accès à la connaissance.

Cette vision a duré jusqu'au VIe siècle avant notre ère, quand, le long de la côte de l'Asie Mineure, en Ionie, survient le « miracle grec ». En plein milieu de l'univers mythique, les Grecs ont l'intuition extraordinaire que les phénomènes naturels peuvent être compris sans s'abandonner aveuglément à l'action des dieux. Les composantes du monde sont régies par des lois qui peuvent être appréhendées par la raison humaine. Puisque les dieux imposent ces règles et que la nature les suit, l'idée que l'harmonie du monde ne peut être perçue qu'à travers les mesures et les observations des mouvements célestes s'impose. Seule l'observation de la nature peut en livrer les clés. Les Grecs ont entrepris de les chercher. Toute la science moderne occidentale est née de cette quête.

Des scientifiques de très haut niveau, réunis il y a un quart de siècle autour de cette question, estimèrent que l'Occident avait dû son succès au déisme, et particulièrement au monothéisme. Vous – pourtant nourri de culture orientale – semblez partager cet avis ?

Oui. Si l'Orient a aussi élaboré de temps à autre des concepts mythiques de personnalité divine, il s'est plutôt construit sur une vue non déiste. Pour les Chinois, le monde est engendré par l'effet réciproque et dynamique de deux forces polaires opposées, le yin et le yang. Le ciel est le yang, la force masculine, créatrice et forte. La Terre est le yin, la force féminine et maternelle. Le yin et le yang se succèdent dans un mouvement perpétuel, la lumière chaude et sèche du Soleil, le yang, cédant la place à la lumière sombre, froide et moite de la Lune, le yin. De leur interaction serait né l'univers. Je pense en effet que cette vision plus holistique explique pourquoi la science n'est pas venue d'Orient, qui fut pourtant longtemps en avance dans le domaine technologique. Les Chinois ont inventé la poudre, la boussole et bien d'autres innovations techniques, mais la science n'est pas née chez eux. Le concept d'un « dieu horloger » qui impose des lois strictes étant absent, ils ne se donnèrent pas la peine de rechercher celles-ci. Il leur a manqué cette notion grecque de la raison humaine, capable, par sa propre rigueur, de retrouver les lois de la nature imposées par des dieux créateurs.

Pourtant, la pensée orientale – avec le yin, le yang et tout ce qui en découle – paraît aujourd'hui prodigieusement pertinente pour comprendre les théories scientifiques les plus avancées ?

Oui, cette interaction des contraires, cette croyance en une nature cyclique et une transformation incessante de l'univers, cette conception que chaque fois qu'un phénomène se développe jusqu'à son extrême, il subit un mouvement inverse qui le transforme en son contraire, a été redécouverte indépendamment par la science du XXe siècle. Ces mouvements cycliques et cette impermanence des choses s'appliquent non seulement aux phénomènes naturels – l'évolution de l'univers, la mort et la naissance des étoiles, les mouvements du Soleil, de la Terre et de la Lune, le changement des saisons ou la succession du jour et de la nuit –, mais aussi aux événements de la vie. Les moments difficiles ne peuvent qu'être remplacés par des temps meilleurs, mais les périodes fastes sont invariablement suivies de périodes de déclin. Selon le philosophe chinois Laotseu, « le retour est le mouvement du Tao, et l'éloignement implique le retour ». Cette croyance donne espoir et courage dans les périodes difficiles, car celles-ci ne peuvent qu'être remplacées par des temps meilleurs. Elle suggère aussi prudence et modestie dans les périodes fastes car le déclin n'est jamais loin. Le concept du yin et du yang est une vue holistique de l'univers, au contraire du réductionnisme de la science occidentale qui, nous le verrons, a des limites.

La méthode réductionniste qui consiste à expliquer le monde en le découpant ainsi en petits morceaux témoigne pourtant d'une grande naïveté ? Et ce serait précisément cette naïveté qui aurait permis aux Occidentaux de créer la science ? C'est assez paradoxal !

Peut-être faut-il être naïf pour oser poser des questions simples avant d'arriver à des choses plus compliquées. Car on ne peut pas expliquer l'univers d'un seul coup, comme ça, grâce à la vision « holistique » que propose l'Orient. Parce que la nature est complexe, la réduire à ses plus simples éléments a permis de progresser. La physique telle que nous la connaissons n'aurait pas été possible sans ce processus de simplification. D'un autre côté, il est évident que le réductionnisme occidental a également ses limites. Il ne saurait être le mot de la fin. Ainsi, il existe dans la nature des systèmes qui, considérés dans leur totalité, possèdent des propriétés dites « émergentes » qui ne peuvent en aucun cas être déduites de l'étude de leurs composantes individuelles. L'exemple le plus frappant est celui de la vie. Nous ne pouvons pas déduire la vie à partir de l'étude de particules élémentaires inanimées, de cet atomisme né en Grèce avec Démocrite. Comment la vie a surgi de l'assemblage de poussières d'étoiles reste l'un des grands mystères de la science. De même, la conscience ou l'« esprit » est un phénomène émergent qui ne saurait être réduit à un flot d'électrons dans les neurones. Le fait que nous pensons ou que nous aimons ne saurait être réduit à des courants d'électrons dans notre cerveau. Cela dit, l'approche holistique n'exclut pas l'approche réductionniste : elles sont complémentaires et nous aident toutes deux à percer les secrets de la nature.

Les Grecs s'expliquaient-ils un début, une origine ?

Platon a durablement inscrit dans la pensée occidentale la vision selon laquelle il existe un monde idéal, un monde des Idées, dont tout découle et où résident les dieux. Selon son célèbre mythe de la caverne, nous vivons dans une représentation de ce monde des Idées, comme dans une caverne, et nous n'en percevons qu'un bien pâle reflet. Tout ce que nous pouvons voir, ce sont les ombres projetées par les objets et les êtres vivants du monde extérieur sur les parois de la caverne. Mais le monde pur, celui des Idées, est en dehors, là où règne un monde vibrant de lumière, de couleurs et de formes. Le concept d'un dieu créateur qui impose des lois physiques réglant l'univers se déploie avec Kepler et Newton au XVIIe siècle. L'univers newtonien était mécanique. Il fonctionnait comme une horloge à ressort qu'on remontait. Après avoir créé l'univers, Dieu n'avait plus qu'à remonter son « ressort » à son début pour qu'il fonctionnât de lui-même par la suite en suivant les lois de la gravitation universelle. Dieu s'éloigna de plus en plus. Il assistait de loin à l'évolution de l'univers et n'intervenait plus dans les affaires humaines. À tel point que, à la charnière des XVIIIe et XIXe siècles, quand le physicien Pierre Simon de Laplace présente une copie de sa *Mécanique céleste* à Napoléon, il peut franchir le dernier pas. Alors que l'Empereur lui reproche de n'avoir pas mentionné le « grand architecte » responsable de cette formidable machine bien huilée qu'était la Nature, Laplace répond : « Sire, nous n'avons pas besoin d'une telle hypothèse ! » C'est le triomphe de la raison mécaniste et déterministe. L'homme doué de raison pouvait tout faire. L'idée du progrès triomphait. L'homme était capable de domestiquer la nature à son profit. Il lui était possible non seulement de s'améliorer continuellement et de se perfectionner, mais aussi de parfaire les institutions sociales et politiques. La fin du XVIIIe siècle vit non seulement la révolution industrielle, mais aussi la révolution américaine en 1776 et la Révolution française en 1789. La raison humaine était capable à elle seule de découvrir une nouvelle planète. Ainsi, en 1846, c'est par le seul calcul – en appliquant les lois de Newton – que l'astronome français Urbain Le Verrier et, indépendamment, l'astronome britannique John Adams « découvrent » la planète Neptune, à partir des perturbations de l'orbite d'Uranus. L'observation avec un télescope viendra par la suite confirmer le calcul.

Succès final de la démarche, pourrait-on dire : l'explication des origines par la théorie du Big Bang. Est-ce le dernier mythe ? L'hypothèse la plus forte ?

C'est la théorie qui rend le mieux compte des observations actuelles. Bien sûr, la science ne fonctionnant pas comme une religion, cette théorie n'est pas immuable. La science ne reposant pas sur des dogmes, des faits nouveaux peuvent survenir à chaque instant pour contredire la théorie existante et la remettre en question. Mais pour la théorie du Big Bang, cela n'a pas été le cas. Au contraire ! Depuis son acceptation par la majorité des astrophysiciens après la découverte du rayonnement fossile, c'est-à-dire la chaleur qui reste de la création, en 1965, les astronomes se sont mis à tester avec acharnement la théorie du Big Bang dans ses moindres aspects et ses plus petits recoins. Elle a vécu dangereusement pendant les quatre dernières décennies, car à tout moment des observations auraient pu venir l'infirmer et l'expédier au cimetière des théories mortes. Les astronomes auraient pu constater que la distribution en énergie des photons de ce rayonnement fossile n'était pas conforme à celle d'un univers doté d'un passé chaud et dense. Ils auraient pu trouver que le rayonnement fossile était si uniforme que cela le rendait incompatible avec les fluctuations de densité nécessaires pour donner naissance aux galaxies (ces fluctuations servent de semences de galaxies). Ils auraient pu découvrir une étoile pourvue d'une quantité d'hélium tellement inférieure aux 25 % prédits par la théorie du Big Bang que cela aurait porté à celle-ci un coup fatal. Nous pourrions multiplier à l'envi les exemples de découvertes susceptibles de détruire la théorie du Big Bang. Or rien de tout cela n'est advenu. Les observations les plus récentes ont renforcé la théorie bien plus qu'elles ne l'ont infirmée. Si un jour une théorie plus sophistiquée venait à la supplanter, il lui faudrait incorporer tous les acquis de la théorie du Big Bang, tout comme la physique einsteinienne a dû incorporer tous ceux de la physique newtonienne.

Nous voici au cœur de votre domaine, l'astrophysique, et de votre spécialité, les galaxies. Régulièrement, on entend parler de nouveaux télescopes, toujours plus puissants : le Very Large Telescope installé au Chili, et bientôt le successeur de Hubble, le James Webb Space Telescope, de 6,5 mètres de diamètre quand il sera déployé dans l'espace, vers 2013, ou les projets de télescopes, de 30 mètres de diamètre ou plus, des Américains et des Européens. Mais que cherche-t-on à voir ? Le Big Bang lui-même ?

Avec des télescopes plus grands, on peut collecter plus de lumière en un temps donné, donc voir plus

« faible » et donc voir plus loin, ce qui veut dire voir plus tôt, car la lumière met du temps pour nous parvenir. Elle se déplace à la plus grande vitesse possible dans l'univers (300 000 kilomètres à la seconde – un claquement de doigts, et elle a déjà fait sept fois le tour de la Terre), mais à l'échelle de l'univers, c'est une vitesse de tortue. Nous voyons ainsi les divers objets dans l'univers avec toujours un peu de retard : la Lune après un peu plus d'une seconde, le Soleil après huit minutes, la plus proche étoile après quatre années, la plus proche galaxie, Andromède, après 2,3 millions d'années, et ainsi de suite. Les télescopes sont ainsi de véritables machines à remonter le temps et aident l'astronome à reconstituer l'histoire cosmique.

Mais il y a un problème : il est impossible de remonter jusqu'au Big Bang lui-même. En effet, pendant les 380 000 premières années de son existence, l'univers était opaque : il était encore trop chaud pour que les atomes se forment et emprisonnent les électrons. Ces derniers, étant libres, entravaient la circulation de la lumière. La lumière ne circulant pas, l'univers à ses débuts nous apparaît opaque, comme s'il était plongé dans un épais brouillard. En remontant le temps, nos télescopes les plus puissants rencontrent donc un mur, situé environ 380 000 ans après le Big Bang. De cette « année 380 000 », nous percevons cependant un rayonnement, le rayonnement fossile, dont nous avons déjà parlé. Ce rayonnement nous donne la plus vieille image de l'univers que nous puissions *voir* façon de parler puisque nous la captons à l'aide de radiotélescopes portés à bord de satellites spatiaux tels que COBE et WMAP. À l'époque de l'an 380 000, le rayonnement fossile avait une température de quelque 10 000 degrés (proche de la température de la surface du Soleil) et aurait été visible à nos yeux si nous avions été là pour l'observer. Depuis, l'expansion de l'univers l'a considérablement refroidi et maintenant, 13,7 milliards d'années après le Big Bang, il a la température frigorifique de – 270 °C et ne peut être détecté que par des radiotélescopes. Nos postes de télévision qui sont sensibles aux ondes radio peuvent ainsi détecter une partie de ce rayonnement fossile. Environ 1 % de la « neige » que vous voyez sur votre écran de télévision quand la station cesse d'émettre est due à ces photons fossiles de l'époque primordiale. Vous pouvez vous dire que vous observez le commencement de l'univers avec votre poste de télévision ! Avec les plus grands télescopes optiques actuels sur terre (les télescopes Keck de 10 mètres de diamètre à Hawaii et le Very Large Telescope composé de quatre télescopes de 8 mètres de diamètre au Chili) et dans l'espace (Hubble), nous pouvons remonter le temps de quelque 10 milliards d'années, soit environ les trois quarts de l'âge de l'univers. Nos télescopes actuels ne sont pas encore assez puissants pour nous permettre de remonter le temps jusqu'à l'époque de la naissance des premières étoiles et galaxies, qu'on pense pouvoir situer environ un milliard d'années après le Big Bang. Ainsi nous ne savons pas encore exactement comment les galaxies sont nées. Le télescope spatial James Webb, le successeur de Hubble, et les grands télescopes au sol qui seront construits dans la décennie à venir (comme le grand radiotélescope ALMA qui va fonctionner au Chili en 2015) devront nous permettre d'observer « en direct » cette période fascinante.

Le Big Bang est invisible, on n'a encore jamais vu la naissance d'une étoile ou d'une galaxie, mais la théorie reste confirmée ?

Le fait que nous ne puissions pas observer directement l'univers avec des télescopes entre le moment de l'explosion primordiale et la 380 000e année à cause de son opacité ne veut pas dire que nous n'avons aucun moyen expérimental d'explorer cette période. L'univers, à ses débuts, n'est en effet pas autre chose qu'un immense accélérateur de particules élémentaires, avec des électrons, des protons, des photons, des neutrinos, et d'autres particules encore et leurs antiparticules. Celles-ci allaient et venaient dans tous les sens, s'entrechoquant dans des collisions violentes. C'était un univers à très haute énergie, très chaud, très petit et très dense. Nous pouvons reproduire certaines de ces hautes énergies en construisant de grands accélérateurs de particules sur Terre. Ceux-ci prennent donc le relais des grands télescopes pour nous permettre de remonter à des temps antérieurs à la 380 000e année. Le plus grand accélérateur qui existe actuellement est le LHC (Large Hadron Collider, ou grand collisionneur de protons) au CERN (Centre européen de la recherche nucléaire) à Genève. Il va devenir opérationnel en 2008 et permettre de remonter le temps jusqu'à un milliardième de seconde après le Big Bang et de tester la théorie même du Big Bang et certaines théories de particules élémentaires, comme la théorie des cordes selon laquelle les particules élémentaires ne sont pas des points, mais des vibrations de bouts de corde infinitésimalement petits (de 10^{-33} cm). L'observation en direct des premières étoiles et galaxies pendant la prochaine décennie permettra de tester la théorie du Big Bang encore plus loin. Mais en attendant, je vous l'ai dit, cette théorie a réussi triomphalement des tests d'observation, que ce soit la distribution en énergie du rayonnement fossile ou la composition chimique des corps stellaires.

Qu'en est-il – détail énorme non sans rapport avec notre propos – de cette « masse noire » qui échappe à toute observation ou détection, tout en constituant, en théorie, plus des trois quarts de notre univers ?

La « masse noire » découverte par l'astronome suisse-américain Fritz Zwicky en 1933 constitue, en effet, l'un des plus grands mystères de l'astrophysique contemporaine. À cela est venu s'ajouter le mystère de l'« énergie noire » découverte en 1998, qui fait que l'expansion de l'univers, au lieu de décélérer, est en accélération. Ainsi, nous vivons dans un univers-iceberg dont la partie émergée est minuscule. En effet, la partie visible de l'univers, les étoiles et les galaxies qui brillent, ne constitue qu'une partie infime (0,5 %) du contenu total, en masse et énergie, de l'univers. Ces étoiles et galaxies sont faites de matière ordinaire (protons, neutrons, électrons désignés sous le nom générique de « baryons ») comme vous et moi. Mais en mesurant les mouvements de l'hydrogène et des étoiles dans les galaxies et ceux des galaxies dans les amas de galaxies, les astrophysiciens se sont aperçus qu'il existe une grande quantité de « matière noire » qui ne brille pas et qui manifeste sa présence principalement par les effets gravitationnels qu'elle exerce. Sans la présence de cette matière noire, les galaxies et les amas de galaxies se seraient désintégrés et auraient disparu en quelques centaines de millions d'années. Or ils sont toujours là. Il faut donc la présence d'une masse noire dont la gravité retienne le gaz et les étoiles dans les galaxies, et les galaxies dans les amas de galaxies. On sait que la matière noire constitue un total de 26,5 % du contenu total en matière et énergie de l'univers. Sur ces 26,5 %, seulement 4 % sont composés de matière baryonique ordinaire, probablement sous la forme de nuages de gaz chaud dans les amas de galaxies et de gaz froid dans l'espace intergalactique. Qu'en est-il des 22,5 % restants ? On pense qu'ils sont constitués de matière non pas ordinaire mais « exotique ». Certains astrophysiciens pensent que cette matière exotique se présente sous la forme de particules subatomiques massives nées dans les premières fractions de seconde du Big Bang et interagissant très faiblement avec la matière ordinaire et pas du tout avec la lumière. La matière lumineuse (0,5 %) et noire (26,5 %) contribue donc à un total de 27 %, soit à un peu plus du quart, du contenu de l'univers.

Notre recensement de celui-ci est-il complet ? Assurément non, car en 1998 les astronomes furent tout ébahis de découvrir que le mouvement de fuite des galaxies, aujourd'hui, au lieu de décélérer, ralenti par la force de gravité attractive du contenu matériel de l'univers comme on s'y attendait, s'accélère au contraire. Ils ont été contraints et forcés d'admettre qu'il existe dans l'univers une mystérieuse force « anti-gravité » répulsive qui s'oppose à la gravité. Les observations montrent que l'univers a bien été en décélération, mais seulement pendant les sept premiers milliards d'années de son existence. Il y a 6,7 milliards d'années, la force anti-gravité a pris le dessus sur la force de gravité et a provoqué l'accélération du mouvement d'expansion de l'univers. Le mouvement d'expansion de l'univers est donc analogue à celui de votre voiture quand vous vous arrêtez à un feu rouge. Vous appuyez sur le frein pour décélérer et stopper la voiture au feu. Quand le feu repasse au vert, vous appuyez sur l'accélérateur afin de repartir. Comme pour l'univers, le mouvement de décélération a été suivi par un mouvement d'accélération. Les astrophysiciens pensent que la force anti-gravité responsable de l'accélération de l'univers est liée à la densité d'énergie du vide quantique qui existait dans les tout premiers instants de l'univers. Faute de plus d'informations, ils ont baptisé cette mystérieuse énergie « énergie noire ». Les mesures du taux d'accélération de l'univers nous disent que l'énergie noire contribue à 73 % au contenu de l'univers. Et les dernières mesures du contenu total en énergie et masse de l'univers ajoutent que nous vivons dans un univers de courbure nulle (on appelle cela un univers « plat »), avec une expansion éternelle qui ne s'arrêtera qu'après un temps infini !

Ainsi, non seulement la matière lumineuse dans les étoiles et les galaxies ne constitue qu'un insignifiant 0,5 % du contenu en masse et énergie de l'univers, non seulement la matière dont nous sommes faits (protons, neutrons, électrons) n'en constitue qu'un minuscule 4 %, non seulement il existe environ six fois et demie plus de matière noire exotique (23 %) que de matière noire ordinaire (3,5 %), mais la majeure partie du contenu de l'univers (73 %) est formée d'une mystérieuse énergie noire dont l'origine nous échappe totalement ! Le fantôme de Copernic a continué à sévir de façon implacable ! Depuis que le chanoine polonais a délogé la Terre de sa place centrale dans l'univers en 1543, l'homme n'a cessé de se rapetisser au sein de l'univers, à la fois dans l'espace et dans le temps. Notre astre, le Soleil, est devenu une simple étoile de banlieue parmi les centaines de milliards qui composent la Voie lactée. Celle-ci s'est perdue à son tour parmi les centaines de milliards de galaxies qui peuplent l'univers observable. Mais l'ego humain n'a pas fini de prendre des coups ! Désormais, l'homme sait qu'il n'est pas fait de la même matière que la plus grande partie de l'univers et que, si protons, neutrons et autres électrons n'étaient pas venus au monde, cela aurait à peine perturbé le contenu en masse et énergie de l'univers. Et pourtant, le miracle, si j'ose dire, est que malgré sa place insignifiante dans l'univers, l'homme est là pour se poser des questions sur le cosmos qui l'a engendré !

En quel sens ?

Ne peut-on considérer comme quelque peu miraculeuse cette majestueuse structure cosmique dont témoigne l'univers, riche aussi de désordre, de chaos, d'incertitude ; mais si parfaitement réglée qu'elle a donné naissance à la conscience ?

Une Mélodie secrète[1] *– titre de votre premier livre – qui a été réglée de façon extrêmement précise pour l'émergence de l'homme, via la Création tout entière ? Et vous débouchez (dans* Origines*) sur « un univers gros de la vie et de la conscience » ?*

C'est tout l'enjeu du débat autour du « principe anthropique » – du grec *anthropos*, « homme » – énoncé dès 1974 par Brandon Carter, chercheur anglais spécialiste des trous noirs travaillant à l'Observatoire de Meudon. Comme vous le savez, ce principe anthropique possède deux versions, l'une « forte » et l'autre « faible ». Sa version faible, acceptée par tous les chercheurs ou presque, équivaut à énoncer une tautologie : l'univers se trouve avoir exactement les propriétés nécessaires pour que nous existions. Nous, c'est-à-dire une intelligence capable d'appréhender – ne serait-ce que par ses questions – l'univers qui l'a engendrée. Cette version faible est évidente, n'est-ce pas, puisque nous sommes là pour en parler ! Mais il existe aussi une version forte du principe anthropique qui suppose une intention dans la Nature : l'univers est réglé de façon extrêmement précise pour qu'il mène à la vie et à la conscience et afin que surgisse un observateur capable d'apprécier sa beauté et son harmonie. Selon le principe anthropique fort, l'homme reprend la première place dans l'univers – non pas au centre

1. Trinh Xuan Thuan, *La Mélodie secrète*, *op. cit.*

physique de l'univers, mais étant la raison même pour laquelle l'univers a été conçu. Vous vous doutez bien que la version forte du principe anthropique est beaucoup plus controversée que sa version faible. Je trouve pour ma part que le terme « anthropique » est mal choisi, car il sous-entend que l'univers est réglé pour la seule apparition de l'homme. Or, cet anthropomorphisme n'est pas de mise. En fait, l'univers est réglé pour l'émergence de n'importe quelles vie et conscience, qu'elles soient terrestres ou extraterrestres. Bien sûr, jusqu'à ce que nous entrions en contact avec une intelligence d'un autre monde, nous sommes la seule forme d'intelligence consciente que nous connaissions. Un terme plus approprié que « principe anthropique » serait peut-être « principe de complexité », comme l'a suggéré Hubert Reeves.

Saurait-on dire ce qu'est la conscience ?

Il n'est pas si difficile de s'entendre sur ce mot. Pour moi, c'est la capacité de recréer en permanence dans son cerveau les mondes intérieur et extérieur, de manipuler les symboles mentaux qui correspondent à ces mondes. Si les autres espèces sur Terre sont capables d'un comportement intuitif très complexe et très sophistiqué – il suffit d'observer un chien qui manifeste sa joie lors du retour de son maître ou l'oiseau qui porte à son nid le ver de terre juste attrapé pour nourrir ses petits –, seuls les humains semblent capables d'assembler et de réassembler à volonté des éléments mentaux dans leur esprit, en suivant des combinaisons originales pour créer du nouveau et de l'inédit. Seuls ils se posent des questions comme : « D'où viens-je ? Où vais-je ? Quel est le sens de ma vie ? Que deviendrai-je après ma mort ? » Seuls ils ne se contentent pas de vivre dans l'instant présent, mais se penchent sur le passé et s'interrogent sur le futur. Seuls ils ont le sens de la transcendance et du sacré. On ne verra jamais des chimpanzés, qui partagent pourtant 99,5 % du génome humain, écrire leur version d'*À la recherche du temps perdu*, composer l'*Hymne à la joie*, peindre les *Nymphéas* ou écrire des ouvrages de théologie traitant de Dieu et de la vie après la mort. Je ne pense pas que cet arbre dans le jardin se demande quelle est son origine, où il va, quel est son futur et ce qu'il sera après sa mort. En tout cas, ni les animaux ni les autres espèces vivantes n'offrent de manifestation évidente d'un tel questionnement.

Admettons. Mais ce principe anthropique fort a-t-il un fondement scientifique, ou est-ce pure spéculation métaphysique ?

Plus la cosmologie moderne a progressé, plus elle a découvert que l'univers a été réglé de façon extrêmement précise pour l'apparition de la vie et de la conscience, que l'existence du vivant est inscrite dans les propriétés de chaque atome, étoile et galaxie de l'univers, et de chacune des lois qui régissent le cosmos. Si certaines propriétés de l'univers étaient un tant soit peu différentes, nous ne serions pas là pour en parler. Dès le début, l'univers contient en germe les conditions requises pour l'émergence d'un être vivant et conscient. Comme le physicien anglo-américain

Freeman Dyson l'a exprimé avec éloquence : « L'univers savait quelque part que l'homme allait venir. »

Comment s'est-on aperçu de ce réglage extrêmement précis de l'univers en vue de l'apparition d'une vie consciente ? Il faut savoir que les propriétés de l'univers sont déterminées par une quinzaine de nombres appelés « constantes fondamentales de la nature » ainsi que par son état physique au moment de sa naissance – ce qu'on appelle les « conditions initiales[1] ». Les constantes de la nature sont, par exemple, la vitesse de la lumière, la masse de l'électron, sa charge électrique, la constante de gravitation qui détermine l'intensité de la force gravitationnelle, ou encore la constante de Planck qui détermine la taille des atomes. Nous avons pu mesurer expérimentalement ces nombres avec une très grande précision, mais nous n'avons pas de théorie pour expliquer la valeur qu'elles ont plutôt qu'une autre. Par exemple, nous ne savons pas pourquoi la lumière voyage à 300 000 kilomètres par seconde au lieu de 3 mètres par seconde ou 120 millions de kilomètres par seconde. Or ces constantes déterminent non seulement la masse et la taille des galaxies, des étoiles, des planètes, mais

1. Lois et conditions initiales : prenons l'exemple d'une balle que je jette en l'air. Je peux déterminer exactement où et à quel moment elle va atterrir, si je connais les lois physiques (ici la loi de la gravité, déterminée par la constante gravitationnelle), ainsi que les conditions initiales, c'est-à-dire le point et l'instant précis où la balle a quitté ma main, la force avec laquelle je l'ai lancée, etc. Selon la théorie déterministe, détenir les constantes physiques et les conditions initiales permet de déterminer toutes les propriétés de l'univers.

aussi de toute chose dans l'univers, y compris les êtres vivants : la hauteur de l'Everest, les contours délicats d'un pétale de rose, le long cou d'une girafe ou la fine taille d'une femme. La réalité autour de nous serait tout autre si ces constantes avaient des valeurs différentes. Ces constantes, comme leur nom l'indique, ne varient ni dans l'espace ni dans le temps. Quant aux conditions initiales, il s'agit entre autres de la densité de matière et d'énergie de l'univers, ou encore de son taux d'expansion au moment du Big Bang.

Bien sûr, nous ne pouvons pas recréer l'univers en laboratoire. L'expérience a eu lieu une fois pour toutes. Mais les astrophysiciens peuvent jouer aux dieux créateurs en construisant des modèles d'univers, chacun avec sa propre combinaison de constantes et de conditions initiales, grâce à la puissance des ordinateurs modernes. La question à mille euros qu'ils se sont posée pour chaque modèle d'univers est : héberge-t-il la vie et la conscience après une évolution de 13,7 milliards d'années ? La réponse est des plus surprenantes : la vaste majorité des univers possède une combinaison perdante de constantes physiques et de conditions initiales et se retrouve dépourvue de vie et de conscience – sauf le nôtre, dont la combinaison est gagnante et dont nous représentons le nec plus ultra. La plupart des univers sont stériles parce qu'ils sont incapables de fabriquer des étoiles massives. Sans celles-ci, les éléments lourds comme le carbone, briques de la vie, ne pourraient pas exister. Et sans éléments lourds, la vie et la conscience ne seraient pas possibles. Car il ne faut pas oublier que nous sommes des poussières d'étoiles. La composition chimique actuelle des étoiles et des galaxies est de 75 % d'hydrogène, de 23 % d'hélium et de 2 % d'éléments lourds. Ces éléments lourds jouent un rôle extrêmement important, parce que ce sont eux qui permettent à la complexité de se construire. Pendant les trois premières minutes de son histoire, l'univers n'avait pu produire que des noyaux d'hydrogène (formés d'un seul proton) et d'hélium (formés de deux protons et deux neutrons). Des éléments plus complexes n'ont pas pu être fabriqués après les trois premières minutes de l'univers, parce que celui-ci se diluait inexorablement, empêchant les protons et les neutrons de se rencontrer et de s'unir pour former des noyaux d'atomes plus complexes, tels le carbone, l'oxygène ou l'azote. Parce que l'hydrogène est trop simple et que l'hélium est trop stable pour réagir chimiquement, si l'univers n'avait pas inventé les étoiles qui, par leur alchimie nucléaire, fabriquent les éléments lourds, les acides aminés, les molécules d'ADN n'auraient pas fait leur apparition, la complexité n'aurait pas pu se construire, et l'univers serait dépourvu de vie et de conscience. L'univers aurait été bien morne et triste : il ne contiendrait que des nuages d'hydrogène et d'hélium et n'aurait formé ni galaxies, ni étoiles, ni planètes, ni hommes. Et surtout, il n'aurait jamais généré cet objet le plus complexe qui soit connu dans l'univers, le cerveau humain, composé de quelque 100 milliards de neurones, autant que d'étoiles dans une galaxie, ou de galaxies dans l'univers observable !

Sans un réglage extrêmement précis des conditions initiales de l'univers, les étoiles n'auraient pas pu naître ?

Exactement. Considérons par exemple la densité de matière de l'univers à son commencement. La matière exerce une force gravitationnelle attractive qui s'oppose à l'impulsion répulsive de l'explosion primordiale et ralentit l'expansion universelle. Si la densité initiale avait été trop élevée, l'univers se serait effondré sur lui-même au bout d'un million d'années, d'un siècle ou même d'un an. Ce laps de temps aurait été trop court pour que l'alchimie nucléaire des étoiles puisse produire les éléments lourds nécessaires à la vie et à la conscience. En revanche, si la densité initiale de matière avait été insuffisante, la force de gravité aurait été trop faible pour que les nuages d'hydrogène et d'hélium s'effondrent sous leurs masses et donnent naissance à des étoiles. Sans étoiles, adieu aux éléments lourds et à la vie ! Tout s'est joué sur un équilibre extrêmement délicat. La densité initiale de l'univers doit être réglée avec une précision de l'ordre de 10^{-60}. En d'autres termes, si l'on changeait la densité initiale d'un chiffre après soixante zéros, l'univers serait stérile : ni vous ni moi ne serions là pour en débattre. La précision stupéfiante du réglage de la densité initiale de l'univers est comparable à celle que devrait montrer un archer pour planter une flèche dans une cible carrée d'un centimètre de côté qui serait placée aux confins de l'univers, à une distance de quelque 14 milliards d'années-lumière. Une précision à couper le souffle !

Un autre exemple qui parle bien aux Terriens que nous sommes, c'est le taux d'oxygène dans notre biosphère : 21 % est le bon réglage pour que nous soyons là. S'il était de 25 %, tout prendrait feu beaucoup trop facilement, en revanche, à 18 %, on peut imaginer une certaine forme de vie, mais pas une vie comme la nôtre.

Oui. Mais il faut savoir que le réglage de la composition de l'atmosphère terrestre dépend aussi, en fin de compte, du réglage des constantes fondamentales et des conditions initiales de l'univers. Je vous ai déjà expliqué ce qui se passe quand vous variez une condition initiale. Voyons ce qui advient quand nous varions une constante fondamentale. Augmentons par exemple de quelques pour cent la valeur de la constante qui contrôle l'intensité de la force nucléaire forte : les protons, noyaux d'hydrogène, ne pourront plus rester libres. Ils se transformeront en noyaux lourds en se combinant avec d'autres protons et neutrons. Sans hydrogène, adieu eau, molécules d'ADN et vie. Des étoiles pourront se former, mais elles s'éteindront vite, faute de carburant d'hydrogène. Diminuons un peu l'intensité de la force nucléaire forte. Nous versons alors dans l'excès contraire : aucun noyau autre que celui d'hydrogène ne pourra survivre. Les noyaux d'hydrogène ne pourront plus fusionner pour brûler en hélium. Les réactions nucléaires ne pourront plus se déclencher et les éléments lourds nécessaires à la vie et à la conscience ne feront plus leur apparition. Nous pouvons multiplier les exemples. La conclusion est toujours la même : les calculs de modèles d'univers montrent que le moindre changement – même infime – d'une constante physique ou d'une condition initiale aurait fait évoluer l'univers de façon totalement différente, sans qu'il produise les éléments lourds nécessaires à la vie et à la conscience (fondée sur la chimie du carbone).

Pourquoi dites-vous que le principe anthropique, dans sa version faible, que vous avez évoqué tout à l'heure, est tautologique ?

Il ne fait que constater une évidence : les propriétés de l'univers doivent être compatibles avec notre existence. Puisque nous sommes là, l'univers doit être tel qu'il est. Aucun scientifique ne contestera le réglage très précis des constantes physiques et des conditions initiales de l'univers pour permettre notre existence. Comme Brandon Carter[1] l'a écrit : « L'univers se trouve avoir, très exactement, les propriétés requises pour engendrer un être capable de conscience et d'intelligence. » Les débats surviennent quand il s'agit d'aller plus loin, quand on aborde le principe anthropique fort. Ce dernier introduit une notion de finalité. Il suppose que l'univers tend vers une forme de vie et de conscience, en l'occurrence l'homme. J'insiste : selon le principe anthropique fort, l'homme reprend la première place… dans les desseins de l'univers. L'homme ne doit plus craindre l'immensité de l'univers, justement faite pour l'accommoder. L'univers est vieux de 14 milliards d'années parce qu'il doit être

1. Astrophysicien britannique travaillant à l'Observatoire de Meudon, Brandon Carter est le père du « principe anthropique faible », qui dit que les conditions initiales du cosmos étaient forcément compatibles avec l'existence de la vie et de la conscience.

suffisamment âgé pour que l'homme ait le temps d'apparaître sur scène.

Oui, mais alors la discussion quitte le terrain scientifique et devient philosophique !

À partir du moment où tout le monde est d'accord sur ce constat de réglage très précis des constantes physiques et des conditions initiales de l'univers, quelle attitude adopter ? Pour résumer le choix qui s'offre à nous, je reprendrai les deux termes de Jacques Monod – qui a beaucoup influencé la pensée des années 70 avec son essai *Le Hasard et la Nécessité*[1]. Ce réglage est-il dû au seul hasard ? Ou bien résulte-t-il de la nécessité, si bien que les valeurs des constantes physiques et des conditions initiales observées pour notre univers sont les seules permises ?

Disons-le tout de suite : la science est incapable de trancher entre ces deux propositions. Toutes deux sont aussi possibles qu'invérifiables. Considérons d'abord la thèse du hasard. La précision du réglage de l'expansion de l'univers étant de 10^{-60}, si nous invoquions le hasard pour en rendre compte, il nous faudrait postuler l'existence de quelque 10^{60} univers différents, chacun avec sa propre combinaison de conditions initiales et de constantes physiques. Une vaste majorité de ces univers parallèles posséderait une combinaison perdante et serait stérile, dépourvue de vie et de conscience, sauf le nôtre où, par hasard, la combinaison gagnante est sortie. Nous sommes en quelque sorte

1. Jacques Monod, *Le Hasard et la Nécessité*, Seuil, 1970.

le gros lot. Si on joue à la loterie une infinité de fois, on finit invariablement par décrocher le gros lot.

Ces univers parallèles ne sont-ils pas les « univers bulles » dont parle le physicien russe Andreï Linde, ancien élève du grand physicien Sakharov et aujourd'hui professeur à Stanford ?

Oui, Andreï Linde a décrit un scénario dans lequel chacune des fluctuations infinies de la mousse quantique originelle donne naissance à un univers, si bien que notre monde ne serait qu'une petite bulle dans un méta-univers composé d'une infinité d'autres bulles qui n'abriteraient pas de vie consciente, la combinaison de leurs constantes et de leurs conditions initiales ne le permettant pas. D'autres théories vont dans le même sens. Elles aussi permettent une infinité de combinaisons de constantes physiques et de conditions initiales. Par exemple, on peut imaginer un univers cyclique, sans commencement ni fin, dans lequel un Big Bang serait suivi d'un Big Crunch, qui serait suivi d'un autre Big Bang, et cela infiniment dans le passé et dans le futur. Ces univers existeraient non pas parallèlement dans le temps, mais en succession (en admettant que le temps possède une continuité à travers les multiples Big Bangs). Chaque fois que l'univers renaîtrait de ses cendres, il repartirait avec une nouvelle combinaison de constantes physiques et de conditions initiales. La quasi-totalité des cycles produirait des univers infertiles, sauf un de temps à autre, qui, comme le nôtre, posséderait une combinaison gagnante. Nous sommes actuellement dans l'un de ces cycles gagnants, et nous sommes là pour le constater.

Le problème est que, pour l'instant, les observations astronomiques semblent plutôt indiquer que l'univers ne possède pas la quantité de matière nécessaire pour que sa gravité renverse le mouvement de fuite des galaxies et mène à un Big Crunch. De plus, la mystérieuse « énergie noire », qui, nous l'avons vu, constitue 73 % du contenu total en matière et énergie de l'univers, s'oppose à l'action de freinage de la gravité et accélère ce mouvement de fuite. Autrement dit, jusqu'à nouvel ordre, l'expansion de l'univers est éternelle. Mais les physiciens, jamais à court d'imagination, ont proposé un scénario où un nouveau Big Bang peut surgir sans Big Crunch. Ainsi le physicien américain Lee Smolin a spéculé qu'un nouvel univers peut surgir des entrailles d'un trou noir dans une fantastique explosion, créant un nouveau domaine de temps et d'espace à la manière de notre Big Bang. Ce scénario n'est étayé pour l'instant par aucune observation astronomique. Pour finir, je dois mentionner l'idée étrange du physicien américain Hugh Everett : l'univers se diviserait en deux chaque fois qu'il y aurait choix ou décision. Par ce constant processus de division, une variété quasi infinie d'univers naîtrait. Certains univers ne se distingueraient du nôtre que par la position d'un seul électron dans un seul atome. D'autres différeraient davantage. Il y en aurait un où vous seriez parti à un autre rendez-vous au lieu de rester ici à parler avec moi. D'autres univers existeraient où le mur de Berlin ne serait pas tombé et où Napoléon aurait gagné Waterloo. D'autres encore différeraient de façon plus fondamentale : ils auraient des constantes fondamentales et des conditions initiales différentes. À chaque dédoublement d'univers, vous et moi nous nous dédoublerions. Un scénario pour le moins bizarre : il n'est pas du tout évident que de telles divisions de notre corps et de notre esprit puissent se produire sans que nous en soyons conscients.

La théorie scientifique permet donc l'existence d'un « multivers » composé d'innombrables univers parallèles, tous déconnectés les uns des autres. Tous ces univers seraient inaccessibles à l'observation, sauf le nôtre. Qu'ils soient inaccessibles à l'observation, et donc invérifiables, fait violence à ma sensibilité d'observateur de l'univers. Sans vérification expérimentale, la science a tôt fait de s'enliser dans la métaphysique. C'est pourquoi je parie pour l'autre hypothèse, celle de la nécessité. Ce pari d'un seul et unique univers est un pari dans le sens pascalien. En dehors du fait qu'un « multivers » est invérifiable, il y a d'autres arguments philosophiques qui me font pencher du côté de la nécessité.

Vient d'abord le principe d'économie aussi connu sous le nom de « rasoir d'Occam », du nom du théologien et philosophe Guillaume d'Occam qui vécut au XIVe siècle. Ce principe pose la question : « Pourquoi faire compliqué si on peut faire simple ? » Pourquoi créer une infinité d'univers infertiles juste pour en avoir un qui soit conscient de lui-même ? Une autre raison pour laquelle je m'insurge contre l'hypothèse du hasard est que je ne puis concevoir que toute la beauté, l'harmonie et l'unité du monde soient le seul fait de la chance. L'univers est beau : les images somptueuses des pouponnières stellaires ou les tracés élégants des bras en spirale d'une galaxie, la splendeur des couchers de soleil ou les délicats contours d'un pétale de rose nous touchent au plus profond de notre âme. L'univers est harmonieux parce que les lois physiques qui le régissent ne varient ni dans le temps ni dans l'espace. Autre argument pour mon pari contre le hasard : il existe une profonde unité dans l'univers. L'univers tend vers l'Un. À mesure que la physique a progressé, des phénomènes que l'on croyait totalement distincts ont pu être unifiés. Au XVIIe siècle, Newton unifie le ciel et la Terre : il démontre que c'est la même force universelle, la force de la gravité, qui dicte la chute d'une pomme dans le verger et le mouvement des planètes autour du Soleil. Au XIXe siècle, Maxwell montre que l'électricité et le magnétisme ne sont que deux aspects différents d'un même phénomène. Il démontre ensuite que les ondes électromagnétiques ne sont autres que des ondes de lumière, unifiant ainsi l'électromagnétisme avec l'optique. Au début du XXe siècle, Einstein unifie le temps et l'espace, l'énergie et la matière, et à l'aube du XXIe siècle, les physicisiens travaillent avec acharnement pour unifier les quatre forces fondamentales de l'univers – les deux forces nucléaires forte et faible, la force électromagnétique et la force de gravité – en une seule Superforce. J'ai de la peine à croire que cette profonde unité soit le fruit du pur hasard.

S'il n'y a qu'un seul univers et étant donné ce réglage, il faut « quelque chose » pour le régler ?

Oui, si on écarte le hasard et les théories des univers multiples qui sont invérifiables et si on postule qu'il y a un seul univers, le nôtre, je pense qu'il faut parier, comme Pascal, sur l'existence d'un principe créateur qui a réglé les constantes physiques et les conditions initiales dès le début pour qu'elles aboutissent à un univers conscient de lui-même. Mais c'est un postulat que la science est incapable de démontrer, qui relève de la métaphysique, je suis d'accord. Certains appellent ce principe créateur « Dieu ». Pour ma part, ce n'est pas un Dieu personnifié qui intervient dans les affaires humaines, mais c'est un principe panthéiste omniprésent dans la Nature, comme l'entendaient Spinoza et Einstein. Ce principe se manifeste par la beauté, l'harmonie et l'unité du cosmos dont je parlais auparavant. Einstein l'a décrit ainsi : « Il est certain que la conviction, apparentée au sentiment religieux, que le monde est rationnel, ou au moins intelligible, est à la base de tout travail scientifique un peu élaboré. Cette conviction constitue ma conception de Dieu. C'est celle de Spinoza. »

C'est un principe conscient ou inconscient ? Ou ne peut-on rien en dire ?

Cette question est de nature métaphysique et va au-delà du cadre purement scientifique. Elle a préoccupé théologiens et philosophes de tout bord et de tout temps, et je n'ai évidemment pas de réponse certaine à y apporter. C'est un pari métaphysique de ma part. Ma réponse est plus d'ordre intuitif et émotionnel que rationnel. La science n'a encore rien à dire sur ce sujet. Je pense que le principe est conscient. Il a voulu créer un univers qui possède un observateur.

C'est la raison pour laquelle notre univers a été réglé pour évoluer comme il l'a fait.

Dans L'Infini dans la paume de la main, *le livre que vous avez écrit avec Matthieu Ricard, l'interprète français du Dalaï-Lama, vous dialoguez sur ce sujet et lui, en vrai bouddhiste, rejette ce principe créateur, il n'en a pas besoin. Comme Laplace, finalement ?*

On pourrait le croire. Mais la vision du monde de Laplace est très différente de celle du bouddhisme. Certes, comme Laplace, un bouddhiste n'a pas besoin de Dieu pour faire fonctionner le monde. Pour le bouddhiste, le monde fonctionne par l'« interdépendance des phénomènes », idée fondamentale du bouddhisme. Rien n'existe en soi ni n'est sa propre cause. Une chose ne peut être définie que par rapport à d'autres. L'interdépendance est nécessaire à la manifestation des phénomènes. Un phénomène quel qu'il soit – et cela inclut la création de l'univers – ne peut survenir que s'il est relié et connecté à d'autres. Le bouddhisme nie donc catégoriquement la notion d'un Dieu créateur, qui existe par lui-même et indépendamment de tout, et qui crée l'univers *ex nihilo*. Par contre, dans la vision de Laplace, la présence de Dieu est nécessaire pour créer l'univers. Seulement, après avoir créé l'univers et remonté son « ressort », il assiste de loin à son évolution et n'intervient plus dans les affaires humaines. Laplace a donc besoin d'un Dieu créateur alors que le bouddhisme ne l'accepte pas.

Mais il existe une autre différence fondamentale entre Laplace et le bouddhisme. Ce dernier donne une primauté à la conscience et au libre arbitre. Dans l'univers de Laplace (et de Newton), au contraire, il n'y a plus de libre arbitre, plus de choix, mais un enchaînement déterministe dans le déroulement du monde résumé par la fameuse phrase de Laplace : « Une intelligence qui, pour un instant donné, connaîtrait toutes les forces dont la nature est animée, et la situation respective des êtres qui la composent, si d'ailleurs elle était assez vaste pour soumettre ces données à l'analyse, embrasserait dans la même formule les mouvements des plus grands corps de l'univers et ceux du plus léger atome ; rien ne serait incertain pour elle et l'avenir comme le passé seraient présents à ses yeux. » Autrement dit, le fait que nous soyons ici ensemble à nous parler serait déterminé dès les premières secondes du Big Bang. Cela ne paraît-il pas absurde ? Selon le bouddhisme, l'univers n'a nul besoin d'être réglé pour que la conscience apparaisse : les deux, coexistant fondamentalement par le principe de l'interdépendance, ne peuvent s'exclure.

Mais je ne suis pas un bouddhiste « orthodoxe » : j'admets que le concept d'interdépendance puisse expliquer le réglage extrêmement précis de l'univers pour qu'il puisse héberger la vie et la conscience. Mais il est moins évident pour moi que l'interdépendance puisse répondre à la question existentielle de Leibniz : « Pourquoi y a-t-il quelque chose plutôt que rien ? Car le rien est plus simple et plus facile que quelque chose. De plus, à supposer que des choses doivent exister, il faut qu'on puisse rendre compte du pourquoi elles doivent exister ainsi et non autrement. » J'ajouterai : « Pourquoi les lois de l'univers sont-elles ce qu'elles sont et non autres ? » Ainsi, je pourrai très bien imaginer vivre dans un univers décrit seulement par les lois de Newton. Or ce n'est pas le cas. Ce sont les lois de la mécanique quantique et de la relativité qui rendent compte de l'univers connu. Le concept d'interdépendance ne suffit pas par lui-même à expliquer l'existence de l'univers et des lois physiques qui le règlent.

Je suppose que pour un bouddhiste plus orthodoxe comme Matthieu Ricard, il n'y a pas lieu de se demander si le monde s'est créé tout seul, parce que rien ne s'est jamais créé, en fait, tout n'étant jamais qu'un éternel recommencement. Donc, même si on apportait la preuve scientifique parfaite de l'existence du Big Bang, celui-ci ne serait pas un début, mais un rebondissement ?

Oui, selon l'optique bouddhique, il ne peut y avoir de créateur et l'univers ne peut être créé. Il n'a donc ni commencement ni fin. Seul un univers cyclique, avec une série infinie de Big Bangs et de Big Crunchs dans le passé et le futur, serait compatible avec le bouddhisme. Notre univers serait maintenant dans un de ces cycles. Je l'ai déjà dit, le fait que l'univers va un jour s'effondrer sur lui-même, donnant lieu à un Big Crunch, est loin d'être établi. Cela dépend de la quantité totale de matière, visible (0,5 % du contenu de l'univers) et invisible (26,5 %), que l'univers contient. Or cette quantité n'est pas assez grande pour que sa force gravitationnelle attractive puisse arrêter et inverser le mouvement de dilatation de l'univers, issu de l'explosion primordiale du Big Bang. Au contraire, l'univers semble contenir une grande quantité d'« énergie noire » qui exerce une force « anti-gravité » répulsive qui accélère le mouvement d'expansion de l'univers. Les connaissances actuelles du cosmos semblent donc dire que l'expansion de l'univers sera éternelle, excluant le schéma d'un univers cyclique. Bien sûr, il existe d'autres théories pour créer des Big Bangs, telle l'idée déjà mentionnée d'un monde qui se recréerait à partir d'un trou noir. Mais pour l'instant nous n'avons aucune preuve observationnelle que de tels scénarios soient possibles dans la Nature.

D'autant que selon la loi de l'entropie, le désordre et le refroidissement général devraient l'emporter... Mais si c'est vrai, cela n'est-il pas contradictoire avec votre principe anthropique fort et avec l'émerveillement qui l'accompagne ?

En effet ! Selon la deuxième loi de la thermodynamique, l'entropie, qui est une mesure du désordre global de l'univers, doit toujours croître, ou du moins rester constante, à mesure que le temps passe. Comme toute loi physique, il est impossible d'aller à son encontre. N'est-il pas fantastique, dès lors, qu'il puisse exister des zones d'ordre telles que la vie et la conscience sur Terre, un monument suprême à l'ordre et à l'organisation ? – nos neurones en sont une preuve car notre cerveau est sans doute l'objet le plus complexe et le plus organisé connu dans l'univers ! Pour que l'entropie totale croisse, cet ordre généré dans certains coins de l'univers, comme sur Terre, doit être contrebalancé par un plus grand désordre ailleurs, par exemple celui créé par le rayonnement des étoiles, qui rejettent de la chaleur et de l'énergie dans le vide glacial interstellaire. À cause de la chaleur stellaire, les atomes interstellaires chauffés bougent plus vite (en physique, la température est une mesure du mouvement) et, ce faisant, créent du désordre. Les étoiles sont donc les agents qui créent le désordre nécessaire pour compenser l'ordre indispensable à l'organisation cosmique. La somme totale du désordre généré par les étoiles fait plus que compenser le déficit en désordre créé par l'organisation de la matière en structures de plus en plus complexes sur Terre. Ce qui fait que le désordre net de l'univers augmente à mesure que le temps s'écoule, et la seconde loi de la thermodynamique est respectée. Ainsi, l'entropie l'emporte et nous allons effectivement vers un univers de plus en plus désordonné et qui deviendra de plus en plus glacial. À court de carburant d'hydrogène, les étoiles s'éteindront dans mille milliards (10^{12}) d'années et, dans quelques milliards de milliards (10^{18}) d'années, toutes les galaxies deviendront des trous noirs galactiques de masses d'un milliard de soleils. Une nuit noire sans fin s'abattra sur l'univers – tout au moins pour nos yeux humains : l'univers, baigné dans un rayonnement fossile de plus en plus refroidi par l'expansion universelle (sa température tend vers le zéro absolu égal à – 273 °C), continuera à émettre des ondes radio. D'où le cri de désespoir du physicien allemand Hermann von Helmholtz en 1854 : « L'univers court à sa mort ! » Mais la loi de l'entropie n'est pas contradictoire avec le principe anthropique et l'émerveillement qui l'accompagne. Car l'univers ne s'est pas contenté de suivre servilement les diktats de la thermodynamique. Il a su se montrer formidablement inventif en créant des coins d'ordre où la complexité a pu émerger. Au vide et à la stérilité, il a su substituer une merveilleuse architecture cosmique où la vie et la conscience ont pu apparaître.

Tout cela à cause du Big Bang, de la formation des étoiles, des constantes physiques et autres conditions initiales. C'est terriblement déterministe quand même. Pourquoi disiez-vous pourtant qu'il serait « absurdement simpliste » de croire que tout est déterminé ?

Il faut comprendre que le XXe siècle a vu un véritable bouleversement dans notre façon de concevoir le monde. Comme je l'ai montré dans mon ouvrage *Le Chaos et l'Harmonie*[1], après avoir dominé la pensée occidentale pendant trois cents ans, la vision newtonienne et laplacienne d'un univers déterministe, mécaniste et fragmenté a fait place à celle d'un monde indéterministe, holistique et exubérant de créativité. Pour Newton et Laplace, l'univers n'était qu'une immense machine composée de particules matérielles inertes, soumises à des forces aveugles. À partir d'un petit nombre de lois physiques, l'histoire d'un système pouvait être tout entière expliquée et prédite si l'on pouvait le caractériser à un instant donné. L'univers était enfermé dans un carcan rigide qui lui ôtait toute créativité et lui interdisait toute innovation. Ce qui provoqua la célèbre phrase de Friedrich Hegel : « Il n'y a jamais rien de nouveau dans la Nature. » C'était un

1. Trinh Xuan Thuan, *Le Chaos et l'Harmonie*, Fayard, 1998.

monde où le réductionnisme régnait en maître. Il suffisait de décomposer tout système complexe en ses éléments les plus simples et d'étudier le comportement de ses parties pour comprendre le tout. Car le tout n'était ni plus ni moins que la somme de ses composantes.

Ce déterminisme contraignant et stérilisant, ce réductionnisme rigide et déshumanisant furent bousculés, transformés et, en fin de compte, balayés par une vision beaucoup plus exaltante et libératrice au XXe siècle. On réalisa que le Réel n'était plus seulement déterminé par des lois naturelles appliquées à des conditions initiales particulières ; il était aussi modelé par la contingence, c'est-à-dire une suite d'événements historiques. Certains de ces épisodes contingents, modifiant et bouleversant la réalité à son niveau le plus profond, étaient à l'origine même de notre existence. Ainsi celui de l'astéroïde venu percuter la Terre il y a 65 millions d'années : en provoquant la disparition des dinosaures et en favorisant ainsi la prolifération de nos ancêtres les mammifères, ce choc contingent fut responsable de notre émergence.

L'intrusion de l'histoire ne fut pas seule responsable de la libération de la Nature. Les lois physiques perdirent elles-mêmes de leur rigidité. Avec l'avènement de la mécanique quantique au début du XXe siècle, le hasard et le flou quantiques entrèrent en force dans le monde subatomique. Ainsi, si le physicien n'active pas son instrument de mesure, les particules de matière ne peuvent être décrites que par des ondes de probabilité : on aura plus de chances de les rencontrer aux crêtes des ondes qu'à leurs creux. Contrairement à ce qu'Einstein pensait, Dieu joue aux dés dans le monde subatomique. De plus, le monde des atomes est soumis au principe d'incertitude énoncé par le physicien allemand Werner Heisenberg. Ce principe dit que nous ne pouvons pas déterminer précisément la position d'un électron sans le perturber avec nos instruments de mesure, rendant sa vitesse aléatoire et imprévisible. Plus la position de l'électron sera précise, plus sa vitesse sera incertaine. Cette incertitude ne dépend pas de la sophistication de nos instruments de mesure, mais est inhérente à la Nature. La représentation de l'électron qui se déplace sur une orbite avec une position et une vitesse bien déterminées est donc fausse : il faudrait le représenter partout à la fois, sous forme d'ondes de probabilités. Le rêve de Laplace de mesurer précisément la position et la vitesse de toute particule dans l'univers pour prédire son évolution vole en éclats. À la stérile certitude déterministe se substitue la stimulante incertitude du flou quantique. L'acte même de déterminer engendre l'indétermination. Parler d'une réalité « objective » qui existerait en l'absence de toute observation n'a donc pas de sens, car on ne peut jamais l'appréhender. On ne peut percevoir qu'une réalité subjective de l'électron qui dépend de l'observateur et de ses instruments de mesure. La forme que prend cette réalité est inextricablement liée à notre présence. Nous ne sommes plus des spectateurs passifs devant le drame tumultueux du monde des atomes, mais des acteurs à part entière. La mécanique quantique a ainsi introduit un nouveau couplage entre d'une part le monde physique fait de matière, d'énergie et d'information, et d'autre part la conscience. C'est l'interaction de notre conscience avec le monde physique à l'échelle atomique et subatomique qui détermine les propriétés de ce dernier. Mais cela n'est plus vrai à l'échelle macroscopique : cette table ne disparaît pas si je ne la regarde pas. En revanche, dans le monde subatomique, si je n'observe pas une particule, elle prend des allures d'onde.

Le réductionnisme étroit et simpliste du monde newtonien et laplacien fut aussi balayé. Dans le monde atomique et subatomique, la réalité morcelée et localisée devint non séparable, globale et holistique. Deux particules de lumière qui ont interagi restent en contact (sans aucune transmission de signal lumineux) même si elles sont séparées par des millions d'années-lumière[1].

Le monde macroscopique ne fut pas épargné : avec la théorie du chaos née à la fin du XIXe siècle avec le mathématicien français Henri Poincaré puis développée dans les années 70, le hasard et l'indétermination envahirent non seulement la vie de tous les jours, mais aussi le domaine des planètes, des étoiles et des galaxies. L'aléatoire fit irruption dans un monde par trop minutieusement réglé. Une simple relation de cause à effet n'était plus de mise. L'ampleur des effets n'est plus toujours proportionnée à l'intensité des causes, comme le pensait Newton. Certains phénomènes sont si sensibles aux conditions initiales qu'un infime changement au début peut entraîner des conséquences d'une extrême ampleur. C'est ce

1. Ce phénomène est appelé « intrication quantique ». Il a été démontré expérimentalement par des expériences de type EPR, d'après les initiales des noms des physiciens qui les ont proposées, Einstein, Podolsky et Rosen.

qu'on appelle le « chaos » ou, en termes populaires, l'« effet papillon » : un battement d'ailes d'un papillon dans la forêt amazonienne au Brésil peut déclencher un orage à Paris. Ici, « chaos » n'a pas le sens courant d'« absence complète d'ordre », mais d'« absence de prédictibilité ». Les propos tenus par Henri Poincaré en 1908 – « Une cause très petite, qui nous échappe, détermine un effet considérable que nous ne pouvons pas voir, et alors nous disons que cet effet est dû au hasard » – ne peuvent être plus éloignés des formules laplaciennes.

La science fondamentale ne serait-elle pas entrée dans une ère de doute ?

Non, car, d'une certaine façon, des vestiges de déterminisme subsistent dans la nouvelle science. Si un événement quantique individuel ne peut être déterminé, les probabilités relatives d'un ensemble de possibilités sont tout à fait prévisibles par les lois de la statistique. Ainsi, si l'on ne peut calculer la trajectoire exacte d'un électron, on peut tout à fait calculer la probabilité qu'il soit à tel ou tel endroit. C'est d'ailleurs ce vestige de déterminisme qui permet à votre ordinateur portable ou à votre télévision de fonctionner. Si le comportement d'un électron individuel dans les circuits électroniques de ces objets n'est pas prévisible, l'ensemble des électrons n'a pas un comportement aléatoire, mais bel et bien déterminé par les lois de la probabilité. Ce qui est nouveau, c'est que la science a découvert qu'elle a des limites. Les Grecs pensaient que la raison pouvait résoudre tous les problèmes, qu'elle pouvait appréhender tous les phénomènes. Mais la science, à mesure qu'elle progresse, s'est rendu compte que la raison ne peut pas aller au bout du chemin dans certains cas. La mécanique quantique et la théorie du chaos ont introduit les notions d'incertitude, d'indétermination et d'imprédictibilité dans la science. Encore plus fort, le mathématicien autrichien Kurt Gödel[1] démontre en 1931 un théorème – connu aujourd'hui sous le nom de théorème de Gödel – qui fait de l'incomplétude une affaire de logique.

L'incomplétude est logique ?

Ce célèbre théorème contient le résultat suivant, qui est peut-être le plus extraordinaire et le plus mystérieux de toutes les mathématiques : un système d'arithmétique cohérent et non contradictoire contient toujours des propositions « indécidables », c'est-à-dire des énoncés mathématiques dont on ne peut jamais dire par le seul raisonnement logique s'ils sont vrais ou faux. Par ailleurs, Gödel obtient également le résultat qu'on ne peut pas démontrer qu'un système est cohérent et non contradictoire sur la seule base des axiomes contenus dans ce système ; pour ce faire, il faut sortir du système et imposer un ou des axiomes supplémentaires qui lui sont extérieurs. Ce qui veut dire que le système est incomplet en lui-même. C'est pourquoi le

1. Considéré par certains comme le plus grand logicien depuis Aristote, Kurt Gödel (1906-1978), Autrichien émigré aux États-Unis pendant la Seconde Guerre mondiale, est surtout connu pour son théorème d'incomplétude.

théorème de Gödel est souvent aussi appelé « théorème d'incomplétude ».

Tout système, en quelque sorte, dépend d'une « mère » à laquelle il est rattaché par un ombilic logique ?

Vous pouvez le dire comme cela. Mais il est important de ne pas oublier que Gödel a démontré le résultat pour un système d'arithmétique. Les conséquences de ce coup de tonnerre dans le ciel serein des mathématiques ont été immenses. Le fait qu'il existe des propositions indécidables semble saper la base logique même du sujet. Le théorème de Gödel a eu des répercussions bien au-delà des mathématiques. Ses conséquences résonnent encore aujourd'hui dans des domaines de la pensée aussi divers que la philosophie ou l'informatique. En philosophie, parce qu'il a montré que le pouvoir de la pensée rationnelle n'était pas sans limites, et en informatique, parce qu'il implique l'existence de problèmes de mathématiques qui ne pourront jamais être résolus par un ordinateur.

Cela rappelle le principe anthropique. Là aussi, à un moment, la science est incomplète, il faut sortir du système et choisir ?

Oui, le théorème de Gödel implique qu'il existe toujours une limite à notre connaissance d'un système donné, parce que nous faisons nous-mêmes partie de ce système. Pour aller au-delà de cette limite, il faut sortir du système. Cela rappelle en effet le principe anthropique, où nous devons aller au-delà de la physique qui décrit l'univers pour faire un pari métaphysique sur l'existence ou non d'un principe créateur, éclairé par les données de la science.

La science ne l'interdit pas ; elle ne l'impose pas non plus. Au fond, on entre dans une période où la théorie scientifique continue d'être bouleversante de richesse, mais sans rien imposer.

La science a pour but la compréhension du monde des phénomènes. Elle décrit et explique la Nature sans imposer aucune vue philosophique : ce n'est pas là sa vocation. La science est un outil qui en soi n'est ni bon ni mauvais, qui n'impose aucune morale ou éthique. Ce sont ses applications techniques qui peuvent nous faire du bien ou du mal. Par exemple, la physique nucléaire n'est en soi ni bonne ou mauvaise. C'est elle qui nous permet de comprendre pourquoi le Soleil brille et pourquoi il nous dispense chaleur et énergie, sources de toute vie sur Terre. Mais c'est aussi la physique nucléaire qui est responsable de l'extermination des populations d'Hiroshima et de Nagasaki. La science n'engendre pas la sagesse. Elle a montré qu'elle peut agir sur le monde et le modifier pour notre bien-être matériel, notre santé et notre confort. Elle nous permet de vivre plus longtemps et nous libère de tâches avilissantes. En contrepartie, elle a aussi été responsable de la dégradation de notre environnement : pollution de l'eau et de l'atmosphère, réchauffement global, etc. Parce qu'elle n'impose pas de vue philosophique, la science ne peut pas nous guider quand il s'agit de morale et d'éthique. Nous devons faire appel à d'autres sources de connaissance. Je pense que la spiritualité a un rôle à jouer. Elle donne une vue sur le réel que la science est incapable de donner, parce qu'elle est incomplète, dans le sens du théorème de Gödel.

D'un autre côté, on peut penser que la science et la connaissance ressortent affaiblies de ce contact avec le chaos, la complexité, l'incomplétude. On parle de logique floue… tout devient relatif, qualitatif, invérifiable ?

Non, je ne suis pas du tout de cet avis. La science n'est pas affaiblie par son contact avec les notions d'incertitude, d'indétermination, d'imprédictibilité, d'incomplétude et d'indécidabilité. Seulement, elle sait désormais qu'elle ne peut pas tout savoir. Il lui faut accepter l'idée qu'il y a de l'incertitude et du chaos dans la nature et que tout n'est pas déterminé à l'avance, ni le temps qu'il fera dans un mois, ni le cours des actions en Bourse. Au contraire, je trouve que la science sort renforcée de ce contact avec la notion qu'elle ne peut pas tout savoir. Le chaos et l'indétermination permettent à la Nature de s'abandonner à un jeu plus créatif, de produire du nouveau non contenu implicitement dans ses états précédents. Son destin est ouvert, son futur n'est plus déterminé par son présent ni par son passé. La Nature joue du jazz. Comme le jazzman improvise et brode autour d'un thème général pour produire des sons nouveaux au gré de son inspiration et de la réaction du public, la Nature se montre spontanée et ludique en jouant avec les lois naturelles pour créer de la nouveauté. La mélodie de la Nature n'est pas composée une fois pour toutes. Elle s'élabore au fur et à mesure. C'est une vision beaucoup plus riche et plus satisfaisante de la créativité du monde.

Quant à l'idée que la logique de la science serait devenue floue, relative et qualitative, elle est erronée. Il y a des lois physiques qui gouvernent le chaos autant que l'indétermination. Le principe d'incertitude de Heisenberg[1] a une forme mathématique bien définie. Tout comme les mathématiques ont servi à Gödel pour démontrer qu'on ne peut pas démontrer certaines propositions dans un système d'arithmétique : c'est ce qu'on appelle « la métamathématique ». Tout reste quantitatif, rien ne devient qualitatif. Mais nous devons accepter qu'il existe fondamentalement une part d'incertitude et de chaos dans la Nature.

Serait-ce l'espoir d'une nouvelle ère, celle d'un XXIe siècle où les deux camps qui s'affrontaient jusqu'à présent, le matérialisme et le spiritualisme, s'ils sont logiques et de bonne foi, ne pourraient plus s'exclure, le principe d'incomplétude leur interdisant à tous deux de prétendre détenir la vérité ?

Tout à fait. Cette complémentarité des approches scientifique et spirituelle est très importante. Je suis

1. L'Allemand Werner Karl Heisenberg (1901-1976), prix Nobel de physique 1932, fut l'un des fondateurs de la mécanique quantique, au sein du groupe appelé « École de Copenhague ». Son apport le plus fameux est le principe d'incertitude qui stipule entre autres qu'on ne peut jamais savoir à la fois la vitesse et la position d'une particule.

persuadé que la science ne constitue pas la seule fenêtre qui nous permet d'accéder au réel. Ce serait arrogant, de la part d'un scientifique, d'affirmer le contraire. La spiritualité, au même titre que la poésie ou l'art, constitue une fenêtre complémentaire à la science pour contempler la réalité. Le théorème de Gödel va dans ce sens : en ce qui concerne la connaissance du monde, même la raison a des limites. Seule, jamais la science ne pourra aller jusqu'au bout du chemin. Il nous faut donc faire appel à d'autres modes de connaissance, comme l'intuition mystique ou religieuse (le mot bouddhiste pour cette intuition mystique est l'« Éveil »), l'art ou la poésie, informés par les découvertes de la science, pour nous rapprocher de la réalité ultime. Les *Nymphéas* de Monet ou les poèmes de Rimbaud nous éclairent autant sur le réel que la physique des particules ou la théorie du Big Bang.

Avec Matthieu Ricard dans *L'Infini dans la paume de la main*, nous avons mis en évidence une convergence et une résonance certaines entre les deux visions, bouddhiste et scientifique, du réel. Le concept d'interdépendance qui est au cœur du bouddhisme évoque de manière étonnante la globalité du monde à l'échelle atomique et subatomique mise en évidence par l'expérience EPR. Le concept bouddhique de vacuité trouve son pendant scientifique dans la nature duale de la lumière et de la matière en mécanique quantique : toutes les deux sont à la fois onde et particule. Le concept bouddhique de l'impermanence fait écho au concept d'un univers en évolution constante. Les manières respectives d'envisager le réel du bouddhisme et de la science ont débouché non pas sur une contradiction aiguë, mais sur une convergence harmonieuse. La science nous apporte des informations, mais n'a rien à voir avec notre progrès spirituel et notre transformation intérieure. En revanche, l'approche spirituelle doit provoquer en nous une transformation personnelle profonde dans la façon dont nous percevons le monde et agissons sur lui. Confronté à des problèmes éthiques et moraux, notamment en génétique, le scientifique a besoin de la spiritualité pour l'aider à ne pas oublier son humanité.

Quelle importance a un point de vue comme le vôtre dans la communauté scientifique aujourd'hui ? À lire la presse, non pas de France (ce serait trop beau), mais d'outre-Atlantique, on a l'impression que beaucoup de scientifiques le partagent…

Beaucoup ? C'est peut-être trop dire ! Mon point de vue est plutôt minoritaire dans le monde scientifique. La majorité de mes collègues ne se posent pas de question spirituelle, ou en tout cas n'en parlent pas ouvertement. D'autres mettent une cloison étanche entre la science et la spiritualité. Ils font leur science pendant la semaine et vont à l'église le week-end. Mais il ne leur viendra jamais à l'esprit de connecter les deux activités ensemble. Ce sont des compartiments séparés de leur vie. Dans leur esprit, leur foi n'a rien à voir avec la science qu'ils pratiquent. Je comprends ce genre de position, qui est tout aussi défendable que la mienne. Mais attention ! Bien que je sois en faveur d'un dialogue entre science et spiritualité, il faut bien comprendre que ce n'est nullement mon intention d'imprimer à la science des allures de mysticisme, ou d'étayer la spiritualité (dans mon cas le bouddhisme) par les découvertes de la science. La science fonctionne parfaitement et atteint le but qu'elle s'est fixé sans aucun besoin d'un support philosophique du bouddhisme ou d'une autre tradition spirituelle. Le bouddhisme est la science de l'Éveil, et que ce soit la Terre qui tourne autour du Soleil ou le contraire ne change rien à l'affaire. Mais parce que ces deux systèmes de pensée représentent l'un comme l'autre une quête de la vérité, dont les critères sont l'authenticité, la rigueur et la logique, leurs manières d'envisager le réel ne devraient pas déboucher sur une opposition irréductible, mais, au contraire, sur une harmonieuse complémentarité. En ce sens, j'adhère totalement à ce que Werner Heisenberg a écrit : « Je considère que l'ambition de dépasser les contraires, incluant une synthèse qui embrasse la compréhension rationnelle et l'expérience mystique de l'unité, est le *mythos*, la quête, exprimée ou inexprimée, de notre époque. »

Pour une minorité de scientifiques, il y a certainement eu un questionnement. C'est ainsi qu'une amorce de dialogue entre science et spiritualité a eu lieu ces dernières années, surtout dans les pays anglo-saxons comme les États-Unis (où je réside) et l'Angleterre. En France, la tradition de l'éducation laïque rend ce genre de dialogue plus difficile. J'ai ainsi fait partie en l'an 2000 d'un groupe de travail composé de physiciens et de cosmologues, dont quelques prix Nobel (comme Charles Townes, l'inventeur du laser) réunis par un milliardaire américain, sir John Templeton, qui a fait fortune à Wall Street et qui a créé une fondation (la John Templeton Foundation), pour financer la recherche sur des ponts possibles entre science et spiritualité. Notre groupe a beaucoup discuté des conséquences spirituelles et philosophiques de la physique et de la cosmologie contemporaines. Il existe donc certainement une ouverture spirituelle chez certains scientifiques de très haut niveau, universellement reconnus par leurs pairs pour la qualité de leurs travaux, puisque c'est l'un des critères de sélection pour appartenir à ce groupe. En 2002, j'ai été aussi l'un des membres fondateurs de l'International Society for Science and Religion (ISSR ou Société internationale pour la science et la religion) basée à l'université de Cambridge, en Angleterre. Cette société rassemble quelque deux cents scientifiques de haut niveau, du monde entier, appartenant à tous les domaines scientifiques et à des traditions spirituelles variées ; elle entend favoriser et développer le dialogue entre science et spiritualité. Il faut aussi noter que le grand public manifeste un réel intérêt pour ce genre de dialogue. Le livre que nous avons écrit avec Matthieu Ricard sur les relations entre la science et le bouddhisme a été un best-seller non seulement en France mais aussi dans des pays aussi divers que la Belgique ou les États-Unis !

Mais sur la question du principe créateur, vous devez voir s'affronter des thèses très opposées ?

La majorité des astrophysiciens ne veut pas entendre parler d'un principe créateur. Pour eux, la question de la création et d'un créateur sent trop le soufre. C'est d'ailleurs la raison pour laquelle la théorie du Big Bang ne s'est pas imposée tout de suite après la découverte de l'expansion de l'univers en 1929 par Edwin Hubble. L'idée d'un début de l'univers, d'un instant pouvant être décrit comme celui de la « Création », avait trop de connotations religieuses. Jusque dans les années 60, c'était la théorie d'un « univers stationnaire » conçue par les astronomes britanniques Fred Hoyle, Thomas Gold et Hermann Bondi qui avait le vent en poupe. Cette théorie soutient que l'univers est de tout temps semblable à lui-même, qu'il n'a ni commencement ni fin. Elle évacue donc la notion d'un moment de « création » inhérente à la théorie du Big Bang. Ce fut seulement en 1965, après la découverte accidentelle du rayonnement fossile, que le Big Bang s'imposa. Mais on a déjà vu que, même dans le contexte du Big Bang, nous pouvons évacuer la notion d'un principe créateur et invoquer le hasard pour expliquer notre existence, si nous postulons l'existence d'un « multivers » dans lequel notre bulle-univers ne serait qu'une parmi une infinité de bulles-univers. Des scientifiques éminents ont opté pour le hasard. J'ai déjà évoqué le biologiste français Jacques Monod, prix Nobel de médecine, qui écrivait dans *Le Hasard et la nécessité* : « L'homme est perdu dans l'immensité indifférente de l'univers où il a émergé par hasard. » Le physicien Steven Weinberg, prix Nobel de physique, renchérit dans *Les Trois Premières Minutes*[1] : « Plus on comprend l'univers, et plus il nous apparaît vide de sens. »

Le même Weinberg pense que les religions sont à l'origine de bien des maux dans le monde. Il écrit de

1. Steven Weinberg, *Les Trois Premières Minutes*, Seuil, 1988.

manière résolument provocante : « Avec ou sans religion, les êtres bons se conduiront bien et ceux qui sont mauvais mal. Un des grands accomplissements de la science a été, sinon de rendre impossible pour les gens intelligents le fait d'être croyants, tout au moins de leur permettre de ne pas être croyants. » Et Weinberg de citer certaines influences néfastes de la religion : les croisades, les pogroms et autres djihads. Je pense qu'il a tort. Tout d'abord, il oublie de mentionner tout le mal que la science, incorrectement appliquée, a également pu causer à l'humanité et à son écosphère : Hiroshima et Nagasaki, l'extinction des espèces et la diminution de la biodiversité, le trou d'ozone, le réchauffement de la Terre, etc. Je pourrais multiplier les exemples à l'infini. Ensuite, la religion dont il parle (je préfère parler de spiritualité) n'est pas la « vraie », mais une de ses versions déformées : les gens qui participaient aux guerres de Religion ne pouvaient être mus par le sentiment de compassion envers les autres, qui est à la base de toute religion.

Vous voyez donc que, sur les relations entre la science et la spiritualité, il existe des points de vue totalement opposés au mien, même si je pense que ma position philosophique gagne du terrain. Mais en fin de compte, il faut réaliser que celle-ci n'affecte pas directement mon travail de chercheur, qui consiste à observer et comprendre les phénomènes du cosmos. Même si ma spiritualité m'aide à mieux vivre et à mieux interagir avec ceux qui m'entourent, et que, en vivant mieux, je fais mieux mon travail, aucun a priori philosophique n'influe directement sur celui-ci. Mon sujet de recherche est la formation et l'évolution des galaxies, celles des galaxies naines en particulier, et ce n'est pas le fait de parier sur un principe créateur qui peut affecter ce que je trouve. C'est sur d'autres plans que ma démarche spirituelle joue. Plus que jamais, la science me laisse libre.

2.

Entretien avec Ilya Prigogine

> « Le monde évolue par bifurcations qu'aucune conscience n'a jamais prévues, mais nous sommes responsables de celles qui s'annoncent. »

L'enthousiaste Trinh Xuan Thuan ayant défendu la thèse hardie du principe anthropique fort ou, comme il préfère dire, du principe de complexité, nous sommes allés voir plusieurs autres grands scientifiques, reconnus et incontestés, à qui nous avons posé la même question qu'à l'astrophysicien. Le premier d'entre eux fut le célèbre Ilya Prigogine.

« La création est un phénomène fluctuant, probabiliste, mathématiquement non réversible et fondamentalement incertain. Cet incertain ne doit pas nous effrayer, au contraire : c'est lui qui fait apparaître un Mozart ou un Michel-Ange ! »

Ainsi parlait Ilya Prigogine, quelques mois avant de mourir, visiblement épuisé mais l'esprit étonnamment limpide. D'une voix ténue mais absolument régulière, le thermodynamicien découvreur des « structures dissipatives » – qui lui valurent le prix Nobel de chimie en 1977 – nous exposa, pour l'une des dernières fois de sa vie, l'essentiel de sa vision scientifique du monde. Vision qui l'avait poussé, avec son amie la philosophe Isabelle Stengers, à annoncer une Nouvelle Alliance[1] *entre*

1. Ilya Prigogine, Isabelle Stengers, *La Nouvelle Alliance : métamorphose de la science*, Gallimard, 1973.

l'humain et le monde, lui faisant prendre fait et cause contre l'angoisse existentielle d'un Monod proclamant, dans Le Hasard et la Nécessité *: « L'ancienne alliance est rompue ; l'homme sait enfin qu'il est seul dans l'immensité de l'univers d'où il a émergé par hasard. » « Non, lui répondirent Prigogine et Stengers, notre présence au monde est naturelle et notre travail de création prolonge celui de la nature. L'homme n'était pas attendu par le cosmos, mais une nouvelle alliance entre la nature et nous devient possible. »*

Pas attendu... Autrement dit, celui qui avait osé titrer le dernier chapitre de son fameux livre « Le réenchantement du monde » ne partage pas le point de vue de Trinh Xuan Thuan et des partisans du principe anthropique fort, dont il conteste la manière d'aborder la mathématique des probabilités. Mais pour lui, l'imprévisibilité absolue de l'émergence de la conscience humaine ne la rend pas incongrue ni étrangère au cosmos, dont nous sommes bien les enfants et, désormais aussi, les cocréateurs.

Un entretien émouvant, intellectuellement stimulant, parfois ardu, qui commence par un long détour du côté du déterminé et de l'indéterminé, avant que le savant ne tranche abruptement, affirmant une vision existentialiste de l'action humaine.

Patrice Van Eersel : En tant qu'inventeur du concept de « structures dissipatives » – qui vous ont valu le prix Nobel – vous êtes l'un des pères des théories de l'auto-

organisation. Que vous suggère la question : « Le monde s'est-il créé tout seul ? »

Ilya Prigogine : Tout dépend de ce que vous entendez par « création » et par « tout seul ». Peut-on dire, par exemple, que l'homme contemporain, l'homme du XXIe siècle, se soit « créé tout seul » ? En partie, sans doute ; mais en partie seulement, car il y a aussi l'histoire, et donc le temps. Il en va de même à une échelle plus vaste : nous nous trouvons devant un univers très complexe, inattendu et surtout évolutif. Nous sommes aujourd'hui obligés de parler d'évolution dans pratiquement toutes les sciences, que ce soit en cosmologie avec le Big Bang, ou en biologie… Partout, nous voyons des phénomènes évolutifs – un peu les mêmes que dans l'histoire humaine, par définition évolutive – et nous devons essayer d'expliquer comment s'est formée toute cette complexité.

Fondamentalement, la notion de création est donc liée au problème du temps : a-t-il une direction, existe-t-il une « flèche du temps » ? C'est la première condition, en effet, pour pouvoir parler de création : il faut un « avant » et un « après ». La seule possibilité, si l'on exclut l'existence de cette flèche du temps, serait que la complexité du monde soit apparue d'un seul coup, du moins virtuellement, et qu'elle se soit ensuite graduellement dévoilée. Mais cette vision d'une création globale, qui se révélerait peu à peu, me paraît invraisemblable.

Pourquoi ?

Je ne vois pas comment l'information nécessaire pour créer un monde aussi complexe serait apparue, même en germe, dans le Big Bang, c'est-à-dire dans la première forme prise par la nature, qui devait être un sacré mélange de particules élémentaires ! Difficile d'imaginer comment ces particules auraient, déjà, contenu l'information qui expliquerait le monde d'aujourd'hui...

On a également fait appel à l'idée selon laquelle, au début, l'univers aurait été très ordonné et que, depuis, il ne ferait que se dégrader. Cela non plus n'est pas très vraisemblable : nous voyons au contraire, en astrophysique, des structures apparaître dans les systèmes galactiques ; nous constatons, dans l'histoire de la vie, une complexification progressive. Première condition, donc : il y a une flèche du temps, qui rend irréversibles certaines évolutions.

La direction du temps est peut-être ce qui unit l'ensemble de notre univers. Nous vieillissons ensemble, les étoiles évoluent dans la même direction temporelle que nous. C'est une loi asymétrique, dans laquelle passé et futur ne jouent pas le même rôle.

La seconde condition pour parler de création, c'est qu'il faut une indétermination. Car si le système était déterministe, il ne ferait que dévoiler sa réalité. Et cela paraît très difficile parce qu'il faudrait, de nouveau, que la direction soit inscrite d'avance quelque part et, comme je l'ai dit, je ne vois ni où ni comment elle pourrait l'être. Donc, probabilité et irréversibilité sont des conditions pour donner un sens à la création. Et là, nous sommes devant un problème célèbre : la physique classique – de Newton à la relativité d'Einstein, en passant par la mécanique quantique habituelle – rassemble des théories réversibles et déterministes. La thermodynamique, en revanche, et son fameux concept d'entropie s'accommodent bien de la description évolutive. De plus, en thermodynamique, on voit des points singuliers, des points de bifurcation, où l'on passe de la trajectoire initiale à un choix de trajectoires possibles. Parmi toutes celles-ci, il y en a *une* qui sera, et c'est une probabilité : on ne peut pas dire à l'avance quelle trajectoire sera effectivement prise. C'est la base de la thermodynamique : on décrit le monde en probabilités, traitables mathématiquement, sous forme d'ensembles, grâce à la statistique.

Est-ce contradictoire avec l'idée que, potentiellement, les états ultérieurs de la matière – et de la conscience – se trouvaient « déjà là », simplement parce que ces états étaient, sinon déterminés, du moins possibles ?

La question est de savoir quels sont les systèmes pour lesquels les prévisions peuvent être faites d'une manière individuelle, et quels sont les systèmes dont nous pouvons seulement prévoir la probabilité globale. Et cette question, qui touche la théorie des systèmes dynamiques, par exemple le comportement d'un ensemble de particules, est moderne. Avant, on pensait que tous les systèmes dynamiques étaient équivalents : si vous connaissiez les conditions de départ et les forces en action, vous connaissiez du même coup le mouvement et vous pouviez prévoir la trajectoire. La probabilité n'était due qu'à notre ignorance. Einstein lui-même pensait ainsi : « Nous ne savons pas, alors nous introduisons des ensembles statistiques. » Mais il croyait que la probabilité, un jour, serait réductible, grâce à une avancée de la théorie scientifique. Ce que j'ai essayé de montrer, c'est que cela n'est pas vrai.

Dans la plupart des systèmes, la probabilité est irréductible ! On ne peut pas passer de la probabilité à la trajectoire. Cela découle de l'une des grandes découvertes de Poincaré : la notion de classification, très importante, qui distingue les systèmes intégrables et les systèmes non intégrables.

Un non-mathématicien peut-il comprendre cela ?

Oui. Les systèmes intégrables sont tels que vous pouvez, d'une certaine manière, enlever l'interaction entre les éléments, donc parvenir à des objets indépendants. L'objet considéré peut être plus compliqué que l'objet initial, mais vous pouvez supprimer l'interaction, faire comme si elle n'existait pas, et donc parvenir à une situation comparable à celle de particules se mouvant sans interaction. À partir de là, tout peut s'intégrer, c'est très facile, le déterminisme est complet.

Seulement voilà, il y a aussi les systèmes non intégrables, dans lesquels vous ne pouvez pas supprimer l'interaction entre éléments par des méthodes classiques. Ce sont des systèmes dans lesquels, quelle que soit la situation considérée, l'interaction subsiste. Ces systèmes-là sont dits en général « à symétrie temporelle rompue » : on ne peut absolument pas dire pourquoi ni à quel moment « des choses se passent »...

Pourriez-vous donner un exemple ?

Cela commence avec trois éléments, trois corps. Avec deux corps, il n'y a pas de problème, vous pouvez intégrer l'interaction entre eux, et donc les rendre prévisibles. Mais avec trois corps, déjà, cela devient très difficile… et l'on entre dans l'imprévisibilité.

Mais un système à deux éléments, cela n'existe quasiment pas dans la nature, c'est presque théorique ! Il me semble que la plupart des systèmes que nous connaissons, de l'atome à la galaxie, en passant par la cellule ou l'écosystème, comportent, non pas trois, mais des milliers de données ! Vous voulez donc dire qu'aucun système vivant, et même, plus largement, aucun système naturel n'est « intégrable », donc prévisible ?

Vous commencez à comprendre le problème… L'évolution que vous observez dans l'univers, notamment des êtres vivants, est constituée de manifestations macroscopiques de caractères non intégrables. C'est exactement lié à votre question de la création. Dans les systèmes intégrables, on arrive à des entités indépendantes, statiques. Comme les monades de Leibniz, par exemple : ce sont des modes qui existent mais ne changent pas. C'est un peu comme l'idée originelle des atomes : dans l'atomisme, vous avez les atomes et le vide, chaque atome est là, occupe son propre espace, se promène… Tandis que dans les systèmes non intégrables, vous arrivez à des unités, certes, mais qui restent fondamentalement attachées au monde.

Prenons par exemple l'atome d'hydrogène : ses états pourraient sembler correspondre à des systèmes intégrables ; mais en fait, ce n'est pas ce qui se produit. Le système va passer d'un état excité à un état fondamental en émettant de la lumière – c'est d'ailleurs comme ça que nous voyons l'atome, par les photons, par la lumière. Cela signifie que l'atome reste attaché à l'univers, au champ de photons, c'est un système non intégrable. Et cette non-intégrabilité est due à la résonance entre l'atome et la lumière. C'est le phénomène dont a parlé Poincaré : la non-intégrabilité est liée aux résonances. Et la résonance, justement, permet de distinguer le futur du passé.

La raison en est un peu mathématique, mais quand vous décrivez des systèmes non intégrables, vous êtes forcé de choisir entre deux descriptions, et selon que vous adoptez l'une ou l'autre, vous avez des phénomènes futurs ou passés. Donc, d'une certaine manière, il y a une théorie mathématique des phénomènes non intégrables. Mais je ne vais pas entrer dans le détail.

La chose importante est que la non-intégrabilité est à la base de l'idée de créativité, parce que la non-intégrabilité conduit à la probabilité, et celle-ci permet de parler de choses naturelles et de choses étonnantes, donc de phénomènes que vous appellerez « création » ou « créativité ».

Ce jaillissement du nouveau, du jamais vu, jamais entendu, radicalement imprévisible, ne provient-il pas de ces fameuses « structures dissipatives » que vous avez découvertes et rendues mondialement célèbres ?

Ce terme traduit l'association entre l'idée de l'ordre et celle de gaspillage, deux éléments qui caractérisent la plupart des phénomènes observables. Je l'ai choisi pour exprimer un fait fondamental dont la connaissance est nouvelle : la dissipation d'énergie et de matière (généralement associée à l'idée de perte de rendement et d'évolution vers le désordre) devient au contraire, loin de l'équilibre, une source d'ordre et constitue même, dirais-je, l'origine de nouveaux états de la matière. L'exemple que je donne le plus souvent, le phénomène dissipatif le plus simple, est connu sous le nom de « tourbillons de Bénard ». Si l'on chauffe une casserole d'eau par-dessous et qu'on la refroidit par-dessus, à partir d'une différence de température bien définie, apparaissent des vortex, des tourbillons. C'est un phénomène spectaculaire. Au lieu de continuer à s'agiter chacune dans tous les sens, des milliards de milliards de molécules se meuvent soudain de manière cohérente, formant des cellules hexagonales de convection de taille caractéristique. Autrement dit, une petite fluctuation – un courant microscopique de convection dont la statistique aurait prédit la régression –, au lieu de s'amortir, s'est amplifiée jusqu'à devenir une véritable organisation spatiale active du système – un courant macroscopique observable. Spontanément, un ordre moléculaire nouveau s'est établi. Or, s'ils sont relativement rares dans le monde inorganique, de tels phénomènes constituent pratiquement la règle dans les systèmes vivants, car ils sont associés aux réactions non linéaires, avec feedback, ou boucles rétroactives, où l'effet réagit en retour sur la cause. Et là, il suffit d'analyser numériquement le comportement de modèles théoriques de cinétique – beaucoup plus simples que le plus simple des circuits métaboliques – pour mettre en évidence l'étonnante variété de ces phénomènes d'organisation.

Si je comprends bien, les « structures dissipatives » donnent tort aux théories déterministes en montrant que c'est uniquement dans certaines conditions, loin de l'équilibre, donc dans le chaos, qu'il y a création ?

Voilà. Il faut se souvenir que la science classique ne s'est construite ni pour ni contre l'idée de création ; elle y est venue en niant la complexité et le devenir de la nature, au nom d'un monde éternel et connaissable régi par un petit nombre de lois. Cette réduction de la nature, assimilée à un automate dont le comportement aurait pour règles des lois simples, immuables et accessibles à la connaissance grâce à une mécanique rationnelle, a bel et bien permis d'établir un fait incontournable : des lois mathématiques peuvent effectivement être découvertes, énoncées, utilisées. La science newtonienne a bel et bien trouvé une loi universelle, qui fait tomber les pommes sur le sol et tourner les planètes autour du Soleil. Et ce fut une grande découverte : un grand nombre de phénomènes, à toutes les échelles, obéissent bel et bien à des lois simples et mathématisables. Mais du coup, la science a cru que la nature n'était que cela : un automate soumis. Chaque progrès est venu renforcer l'angoisse et le sentiment d'aliénation, aboutissant à la célèbre leçon que Jacques Monod, en 1970, a tirée des progrès théoriques en biologie moléculaire, quand il a dit que l'ancienne alliance est rompue et que l'homme se retrouve seul dans l'immensité de l'univers d'où il a émergé par hasard. Mais la science d'aujourd'hui n'est plus la science classique...

Vous dites que la science d'aujourd'hui propose une « nouvelle alliance » – titre de votre premier livre, écrit avec Isabelle Stengers. Parlez-nous un peu de cette alliance nouvelle…

Les lois physiques universelles – qui décrivent soit l'évolution vers le désordre, soit l'état d'équilibre ou les états stationnaires proches de l'équilibre – ne constituent pas l'outillage conceptuel approprié à la définition et à l'étude du vivant. Non parce que celui-ci est vivant, mais parce que, physiquement, il ne remplit pas les conditions dans lesquelles ces lois sont pertinentes. Le vivant fonctionne *toujours* loin de l'équilibre, donc là où les conséquences de l'entropie ne répondent plus à la statistique réductionniste, mais où, au contraire, les processus qui produisent cette entropie, en dissipant de l'énergie, jouent en même temps le rôle de constructeur d'un nouvel ordre. L'idée de loi universelle est alors nécessairement remplacée par celle d'exploration de stabilités et d'instabilités singulières. L'alternative dressée par Monod entre un monde animiste, attendant l'homme depuis toujours, et un monde silencieux où l'homme est étranger, n'est plus nécessaire. L'homme n'était certainement ni attendu ni appelé par le monde, mais une nouvelle alliance devient possible. En effet, si nous assimilons la vie à un phénomène d'auto-organisation de la matière évoluant vers des états de plus en plus complexes, notre présence constitue un phénomène assez naturel, survenu dans des circonstances bien déterminées, mais pas plus exceptionnel que la chute des corps. Cette mutation conceptuelle fondamentale est très récente, puisqu'elle a émergé dans les années 60. Elle rend notre époque comparable au XVIIe siècle, qui avait vu la naissance de la science moderne.

Pour vous, c'est une porte qui s'ouvre sur une nouvelle vision de l'homme ?

Oui, car l'idée newtonienne selon laquelle on peut tout prévoir en trajectoires de populations analogues était une conception de l'univers qui, au moins théoriquement, nous permettait de prévoir le futur, donc d'échapper au temps. C'est quelque chose qui nous sauvait d'une certaine inquiétude et qui, de plus, comme disait Leibniz, nous donnait un peu l'idée d'être comme Dieu pour qui, d'après la théologie, il n'y a ni passé ni futur, mais un éternel présent.

Une question se pose pourtant : les descriptions thermodynamiques, avec l'entropie, la flèche du temps, la probabilité, les phénomènes de bifurcation, reflètent-elles exactement la réalité des processus créatifs, ou ne sont-elles pas des projections anthropomorphiques ?

Nous pouvons déjà répondre en disant que nous nous attendons, d'une certaine manière, à ce que toute création soit un phénomène de points de bifurcation. Car la création est une réorganisation, elle dépend de nombreuses circonstances. Prenons l'exemple de la Révolution russe en 1917 – tant pis, pour l'instant, si cela semble anthropomorphique. La seule chose certaine, c'est qu'il fallait que le régime tsariste disparaisse. Mais que, ce faisant, il donne naissance aux soviets dépendit de beaucoup de petites circonstances : la faiblesse et l'intelligence médiocre du tsar, la haine de l'impératrice, les incapacités de Kerenski, la violence de Lénine, etc. Ce sont ces petites circonstances qui, ensemble, déterminent la voie finalement suivie. Il en va de même à une échelle beaucoup plus large. Par exemple, lors du passage des sauriens aux oiseaux : tous les sauriens ne sont pas devenus des oiseaux. Seul un petit nombre a suivi cette bifurcation. Ce n'était donc pas un phénomène déterministe, mais sélectif. Tous les singes ne sont pas devenus des hommes, seulement une partie. Nous savons donc que la création est un phénomène fluctuant, probabiliste et mathématiquement non réversible, avec des points de bifurcation. Évidemment, il est possible de l'étudier mathématiquement dans les systèmes simples, en physique ou en chimie, mais il n'est pas possible de faire des modèles quantitatifs vraiment détaillés de la source, de l'origine… même si, en biologie, nous voyons des phénomènes qui correspondent à ces créations d'information.

Les descriptions que font les sciences fondamentales de la nature ne devraient-elles pas davantage tenir compte de ces aspects très spécifiques de la création, de l'irréversibilité et du caractère probabiliste que vous décrivez ?

C'est, au fond, ce qui m'a préoccupé ces vingt dernières années. Partout on trouve l'incertain. J'ai même écrit un livre sur l'homme devant l'incertain, titré en français *La Fin des certitudes*[1], tant je crois important

1. Ilya Prigogine, *La Fin des certitudes : temps, chaos et les lois de la nature*, Odile Jacob, 1995.

d'insister sur l'incertain. C'est lui qui, *a contrario*, donne sens à la création. Si tout était certain, il n'y aurait pas de création. L'incertain, c'est l'apparition d'un Mozart ou d'un Michel-Ange, c'est ce qui donne la créativité. On parle de « génie » parce que, justement, on voit apparaître une chose à laquelle on ne s'attendait pas, quelque chose qui aurait pu être – ou ne pas être. Or l'incertain apparaît partout. Prenez une plante : elle doit décider quand elle va fleurir. Prenez un organisme monocellulaire : il doit décider où trouver sa nourriture. À tous deux, au fond, se pose la question de prévoir le futur. Le fait de penser à ce qui peut se passer repose sur la prévision et aussi sur la mémoire du passé. Sans quoi il n'y aurait pas de vie. Je pense que cette question de temps – prévision et mémoire – est plus développée chez l'homme que chez toute autre espèce, parce qu'en pensant au futur, il en vient à penser à la mort et à la transcendance. Et il a beaucoup été dit que la pensée du temps et de la mort était la base même de la civilisation, avec la culture, l'art, la poésie, etc.

Chemin faisant, notre conversation nous a conduits assez loin de notre point de départ. Je vous pose donc la question abruptement : quel regard jetez-vous sur le principe anthropique fort ?

Pour moi, il ne signifie rien.

Même quand il fait appel aux probabilités, selon lesquelles il faudrait, pour que tous les paramètres de l'univers depuis quinze milliards d'années mènent jusqu'à nous, la même chance qu'il en faut pour qu'un archer mette une flèche dans une cible d'un mètre, aussi éloignée de lui que l'autre bout de l'univers ?

Je pense que ce sont vraiment des affirmations gratuites, pour user d'un mot fort. Parce que pour parler de probabilités, il faut en connaître le mécanisme. Je vous redonnerai comme exemple l'instabilité de Bénard, qui mène aussi à des probabilités inconcevables. Un tourbillon est un objet qui implique le mouvement de 10^{25} molécules d'eau. Eh bien, si vous appliquez les lois de la statistique, si c'était à l'équilibre, la probabilité de voir ce phénomène serait la même que celle de la flèche qui va à l'autre bout de l'univers. Mais, dans le non-équilibre, ça devient inévitable. Donc, si l'on parle de probabilités, il faut savoir ce que nous comparons : quels sont les états ? En équilibre ou loin de l'équilibre ?

Voulez-vous dire que les partisans du principe anthropique fort oublient que l'on se situe loin de l'équilibre ?

Non, ils oublient qu'il est difficile de parler de probabilités. Le fait de dire que des phénomènes sont là parce que l'homme est là me paraît un peu bizarre. Ce qui est vrai, c'est que pour que la vie existe, il faut que les conditions soient remplies, par exemple qu'il ne fasse ni trop chaud ni trop froid, notamment pour qu'il y ait de l'eau. Mais cette présence de l'eau n'est qu'un facteur, elle n'explique pas l'existence de la vie. Ou alors on retombe dans un anthropomorphisme primaire, et l'on dira que le bon Dieu a créé l'eau salée pour satisfaire les besoins des populations en sel. Ce serait alors raisonner comme Pangloss ou comme les personnages de Bernardin de Saint-Pierre – qui affirmaient que la pastèque avait des tranches pour que la famille puisse la partager ! Ce qui est vrai, c'est que, comme nous sommes là, comme nous connaissons plus ou moins les conditions de la vie, cela signifie que ces conditions sont réalisées. Mais on ne peut pas prendre notre existence comme une preuve qu'elle devait arriver. Sinon, on arrive à un univers qui se prépare à recevoir l'homme… ce qui me paraît quand même un peu simpliste.

Pourtant, vous défendez une vision qui nous montre les phénomènes réels, notamment le vivant, comme liés les uns aux autres, avec même, d'une certaine manière, une impossibilité de les séparer. Notre existence n'est pas séparée de celle des atomes ou de celle des galaxies…

Tout à fait. Vous avez là les deux explications de la création. Dans un monde déterministe, il y a quelques créations, mais à certains moments donnés seulement. Dans un monde formé de systèmes non intégrables, un monde probabiliste, vous avez une création continue. Le monde *est* un système de création auto-organisée, un système de non-équilibre qui s'organise en permanence suivant son propre programme. Autrement dit, la nature ne prévoit pas plus que nous. Comme nous, elle improvise. Comme nous, elle agit suivant les données qu'elle a. La créativité de la nature et celle de l'homme sont donc très fortement liées. Le chimiste fabrique tous les ans de nouvelles molécules, mais beaucoup de ces molécules ont déjà été fabriquées dans la nature – comme la quinine ou la cortisone. Donc la nature est chimiste ; et notre effort de chimie poursuit et continue l'effort de la nature, puisque nous fabriquons également des molécules qui ne se trouvent pas dans la nature. De même, la nature est mathématicienne : beaucoup de ses créations correspondent à des problèmes mathématiques compliqués. Un bouton végétal contient toute la fleur dans un volume extrêmement petit, résolvant un problème d'emballage fantastiquement compliqué : comment obtenir le plus grand volume plus tard, en partant du plus petit volume de départ ?

Nous retrouvons là les deux possibilités de voir la nature : ou bien – possibilité classique – il n'y a pas de création, tout est donné, l'univers est un automate, mais alors il faut nécessairement un Dieu, pour avoir fait le premier mouvement ; ou bien l'univers évolue. Cette dernière vision – la mienne – peut elle-même se concevoir de deux manières : l'auto-organisation ou l'organisation suivant un plan venant de l'extérieur. Là, je ne saurais vous affirmer ce qui est juste… En tout cas, les deux possibilités sont là. Je penche personnellement pour la vue la plus « scientifique » : celle d'un programme qui se construit lui-même.

C'est donc au présent que vous répondez à notre question initiale. Vous dites : « Oui, le monde se crée en permanence tout seul » ?

Au fur et à mesure que l'univers se constitue, il détermine aussi partiellement – mais pas entièrement –

le futur. Nous sommes passés d'un univers immuable à un univers fluctuant, du déterminisme à la probabilité. Cela nous oblige à dépasser ce dualisme classique qui, aujourd'hui encore en astrophysique, pose, à côté d'une vision géométrique et déterministe de l'univers, un principe anthropique venu de nulle part. Les mathématiques modernes nous permettent d'échapper à ce dualisme, notamment grâce à l'analyse fonctionnelle et aux notions de probabilité. La grande surprise qui en découle, c'est que notre univers a connu quelque chose comme des périodes historiques. Il *est* histoire. S'il fallait retenir deux découvertes fondamentales du XXe siècle, je citerais en premier lieu ce caractère historique de l'univers et la structure de l'ADN viendrait en second. C'est un bouleversement majeur, pour la science, que de savoir l'univers irréversible et créatif.

Mais ce processus d'autocréation lui-même n'a-t-il pas un point de départ, une origine ?

Je pense que l'autocréation est déjà présente dans la transformation entre le pré-univers et l'univers. Car il y a un passage du pré-univers à l'univers. À un moment apparaît un caractère nouveau : l'émission de particules indépendantes. Dans le pré-univers, on s'imagine qu'il n'y a que des particules virtuelles, qui existent un court temps – ce que nous permet, en théorie, la « relation de Heisenberg » , c'est un milieu sans entropie. Puis se créent des particules avec entropie. C'est déjà un phénomène irréversible. Et les phénomènes irréversibles sont des phénomènes dissipatifs, mais qui, en même temps, créent des structures. C'est ce qui nous arrive avec la lumière qui nous vient du Soleil. Cette lumière agit de deux manières qu'il faut bien distinguer : une chose est que l'énergie soit dissipée, homogénéisée, éparpillée ; une autre chose est que cette énergie permette la vie des arbres et des animaux… C'est totalement différent, et pourtant l'un crée la possibilité de l'autre.

Il me semble que dans vos écrits, par exemple dans Entre le temps et l'éternité[1]*, il y a l'idée paradoxale qu'à l'époque où la science atteint un niveau incroyable de complexité, elle est obligée, en même temps, d'être humble et qu'elle doit se reconnaître comme faisant partie d'un temps, d'un monde, d'une certaine image de la nature…*

Nous devons changer ! Nous devons avoir l'image d'une nature évolutive et complexe. Or, si nous savons bien cela maintenant, en réalité, nous ne connaissons presque pas les mécanismes qui font cette évolution. Par exemple, qu'est-ce qui fait que l'homme est devenu homme à partir de ses ancêtres singes ? Qu'est-ce qui détermine l'évolution biologique ? La théorie darwinienne est très partielle. Il est vrai que, quand une espèce présente des mutations qui s'adaptent mieux au milieu, elle va mieux survivre – peut-être. Mais pourquoi le requin n'a-t-il pas changé quand d'autres poissons l'ont fait ? On ne voit toujours pas vraiment quelle théorie pourrait expliquer l'évolution.

1. Ilya Prigogine, *Entre le temps et l'éternité*, Fayard, 1991.

Et c'est probablement lié au fait que la vie n'est pas seulement génome, mais aussi un phénomène irréversible et compliqué. Par exemple, on observe que la structure biologique est différente dans les cellules des cosmonautes – pourtant, la gravitation est un phénomène très faible. Cela prouve qu'il y a dans la cellule vivante des processus sensibles à de très, très petits effets. D'où l'idée que les bifurcations et les changements de phases, comme dans les structures dissipatives, jouent un rôle très important. Parce que ces changements sont justement très, très sensibles aux influences extérieures. Cela expliquerait la partie « lamarckienne » de l'évolution : le « codage » de caractères acquis et leur transmission. Mais d'une manière générale, nous connaissons très peu les mécanismes en question.

À un autre moment, vous disiez que, « sans la mémoire et la prévision, il n'y aurait pas de vie ». Dans l'émergence imprévisible de formes nouvelles, n'y a-t-il pas malgré tout réminiscence aussi ?

Pas complètement. Chaque fois, il y a des probabilités.

Mais n'y a-t-il pas, dans ces champs de probabilité, à la fois une mémoire et une béance vers l'imprévu ? Un jeu dialectique entre les deux, que la théorie darwinienne, par exemple, ne parvient pas bien à expliquer…

La théorie darwinienne parle surtout d'une dialectique entre la vie et le milieu. C'est à l'évidence un facteur important. Mais ce n'est certainement pas le seul. Au contraire, je pense qu'il y a un facteur intrinsèque. Sinon, comment comprendre l'univers ? Comment comprendre le futur de l'univers ? Comment expliquer que notre univers soit toujours loin de l'équilibre ? Il y a quatorze milliards d'années, pourtant, que cela a commencé. Et l'équilibre serait un mélange de tout ? Certains biologistes célèbres pensent avoir commencé à identifier des facteurs d'incertitude au sein même de la cellule, dans la façon hasardeuse dont les enzymes peuvent se fixer à des endroits différents de leurs sites, en changeant les positions intérieures de la cellule. Nous sommes, là encore, hors de l'équilibre. Or, comment se fait-il que ce déséquilibre se maintienne ?

Un peu comme dans l'homéostasie d'un corps vivant, sans cesse en déséquilibre, ou en équilibre instable, ce qui est le signe qu'il fonctionne ? L'équilibre et la stabilité seraient au contraire le signe qu'il est mort !

C'est un phénomène général. Nous avons montré que chaque fois qu'apparaît une diversification entre les particules, il y a des phénomènes de non-équilibre.

Comment intégrer ce qu'on pourrait appeler la « logique de Gödel », qui dit qu'il n'existera jamais un système complet, car tout système a forcément un ombilic, en quelque sorte, qui le réfère à autre chose et donc, qu'il y aura toujours « autre chose » derrière les choses, dans une mise en abyme perpétuelle ? Cette « autre chose » indéterminée n'est-elle pas le visage nouveau de la transcendance ?

Je crois que c'est certainement vrai en mathématiques et je pense que c'est vrai, dans une certaine mesure, en physique, dans le sens où l'on pourra toujours poser des questions qui dépassent les théories existantes. Mais ce n'est pas de la transcendance. Dans un univers déterministe, on avait logiquement tendance à remonter à la cause première, donc à un grand horloger. Dans un univers probabiliste, on n'est pas obligé de se référer à une transcendance. Mais l'évolution elle-même reste…

Un mystère ?

Disons au moins quelque chose qui demande encore beaucoup d'explications et qui en demandera sans doute toujours.

Un inconnu immense, devant lequel, si l'on n'est pas « obligé de se référer à une transcendance », comme vous dites, cela n'est pas interdit non plus ?

Non, pas interdit. Il y a même des gens qui pensent que la science est arrivée à une fin, qu'un peu plus et nous connaîtrons tout… Prenez Hawking, selon lequel il y aurait une « théorie de tout », une théorie universelle qui nous permettrait de connaître les desseins de Dieu, n'est-ce pas, comme il dit dans son fameux livre *A Brief History of Time*[1] ! Et puis, il y a quand même l'idée d'une théorie unitaire qui s'est développée…

1. Stephen Hawking, *A Brief History of Time*, trad. fr. *Une brève histoire du temps*, Flammarion, 1989.

En physique surtout, pour unifier toutes les forces connues (gravitation, électromagnétisme, forces nucléaires faible et forte) en une seule, dont les autres ne seraient que des dérivées, surgies après le Big Bang, par « brisure de symétrie »... Mais au fond, cette recherche d'unité n'est-elle pas une mythologie ?

Je crois surtout que c'est dans la diversité que se trouve l'évolution. Par exemple, s'il n'y avait pas les forces gravifiques, nous n'aurions pas connu d'évolution. C'est la gravitation qui s'oppose au passage vers l'équilibre, donc vers la mort : les forces à portée courte nous conduisent à une température uniforme... tandis que la gravitation empêche l'homogénéisation, conduisant au contraire à des structures hétérogènes, comme les galaxies. Donc, l'une des raisons pour lesquelles l'univers reste hors équilibre est probablement la gravitation.

Mais il y a toujours la question de l'avenir : l'univers va-t-il redevenir un point singulier, comme celui d'où nous sommes censés être sortis au moment du Big Bang ? Ou bien l'univers va-t-il devenir un cosmos froid, dont toute l'énergie aura été utilisée ? Autrement dit, allons-nous finalement disparaître par le chaud ou par le froid ? Ces questions sont vraiment très prématurées. Nous ne savons pas s'il se crée encore de la matière ou pas, si le Big Bang est terminé ou bien s'il se poursuit. Pour le moment, la question reste ouverte. Mais ce qui est certain, c'est que nous connaissons mieux l'équilibre, les états statiques, les grandes lois des systèmes intégrables... Maintenant, nous devons explorer les situations loin de l'équilibre et les systèmes non intégrables.

Dans cette exploration, vous insistez beaucoup sur la responsabilité du scientifique, sur son éthique. Car il fait partie du monde. De ce point de vue, on a l'impression que, pour pouvoir intégrer de nouvelles données et passer à un nouveau modèle, on a besoin de déflagrations très violentes – besoin notamment que l'écologie planétaire soit complètement secouée, que l'empoisonnement se répande, que la guerre continue de menacer, etc. Comme s'il fallait à l'humain des sortes de chocs énormes pour pouvoir oser intégrer ce qu'il n'intègre pas par paresse…

Vous touchez là toutes sortes de questions très difficiles dans lesquelles je ne suis pas expert. Il me semble cependant que nous sommes en ce moment dans un monde que nous avons hérité de nos ancêtres. Et c'est un monde très hétérogène. Un monde dans lequel l'Occident a pris une avance technologique énorme – l'équivalent du bond depuis Adam jusqu'à Galilée et Newton. Cette avance a conduit à des situations difficiles, à la colonisation et à l'inégalité. La science a produit un allongement de la vie, elle s'introduit dans d'innombrables aspects de nos existences. Autrefois, elle était une activité élitiste – Einstein voulait toujours que les scientifiques se détachent de la société. Maintenant, elle amène des objets essentiels à la vie quotidienne. La notion de science est devenue différente. Les sciences les plus importantes, celles qui se développent le plus rapidement, sont maintenant la technologie de l'information et la biologie moléculaire. Elles ont certainement un aspect très positif, puisque nous commençons à connaître le monde, à voir les autres civilisations, de nouvelles relations s'établissent entre les hommes. Mais il y a évidemment aussi le danger, à cause notamment de l'inégalité, qu'arrivent des chercheurs d'un nouveau genre… nous préparant le « Meilleur des mondes ».

Quels sont les principaux enjeux, à vos yeux ?

Le plus important est de savoir comment passer, politiquement, d'une culture de guerre à une culture de paix. Cela demande des efforts auxquels les sociétés occidentales n'ont pas consenti jusqu'à maintenant. À propos des actes terroristes, par exemple, il faudrait aussi penser aux *raisons* de ces actes, de cette haine que l'on voit se déployer. Les scientifiques ont un rôle fondamental dans la société : notre vie n'est plus concevable sans information, sans technique, sans médecine… Mais ce rôle énorme n'est pas sans danger (je ne dis là rien d'original). La société dépend tellement des progrès et des changements de la science qu'il est nécessaire de lui garantir le droit de pouvoir se rendre compte de la direction où cette science va. Par exemple, dans le problème du clonage, des OGM, du mariage homme-machine, la société doit avoir le droit de s'exprimer et éventuellement de poser son veto, même si, à certains moments, le résultat sera négatif pour la science.

Il y a des décisions qui constituent de véritables bifurcations d'évolution, dont nous sommes désormais responsables et au-delà desquelles rien ne sera plus comme avant. Tous nos gestes marquent des bifurcations. La plupart n'ont aucune importance : que j'ouvre ou ferme mon parapluie ne joue aucun rôle. Mais quand il s'agit par exemple de lutter contre le terrorisme, ou de trancher contre ou en faveur des manipulations génétiques, les décisions technologiques ou géopolitiques, donc humaines, peuvent être déterminantes. Je pense que les humains tiennent une belle part de leur destin entre leurs mains. Certes, dans une vision déterministe de l'évolution, comme dans certaines approches darwiniennes simplistes, l'homme n'a aucune responsabilité. J'adhère plutôt, quant à moi, à une vision probabiliste non linéaire, qui nous donne une responsabilité grandissante. Hegel disait : « Il est plus facile d'être esclave que maître. » Plus nous comprenons l'univers, plus nous avons de responsabilités – vis-à-vis de l'homme mais aussi vis-à-vis de la nature, de la végétation, des animaux…

N'avez-vous pas l'impression que nous vivons un double mouvement, à la fois très ambitieux et très humble ? Ayant été remis en cause par toutes les « blessures narcissiques » que nous ont tour à tour infligées Copernic (la Terre n'est pas le centre de l'univers), Darwin (nous ne sommes que des descendants de singes) et Freud (nous sommes mus par des pulsions inconscientes), l'homme moderne a eu tendance à baisser les bras et à se désintéresser d'un destin collectif auquel il ne pouvait finalement rien. Mais inversement, le rôle central de la science et des techniques, en modelant littéralement le monde dans lequel nous vivons, nous a en quelque sorte remis au centre du jeu. Décentrage et recentrage sont simultanés ?

Nous sommes à un moment charnière. En un sens, nous sommes devant un univers étonnamment simple et, en même temps, cet univers présente des aspects tellement multiples, complexes et instables ! Du temps de Kant, la perfection de l'univers était exprimée par la périodicité des mouvements des planètes, que le philosophe se figurait comme un mécanisme d'horlogerie. Tandis que maintenant, nous sommes plutôt fascinés par les rayons X qui nous arrivent d'endroits mystérieux qui pourraient être des trous noirs.

Vous admettiez que la vision probabiliste n'interdit pas l'hypothèse transcendantale. D'une certaine façon, ne peut-on pas dire qu'elle intègre la question d'une force créatrice divine ?

Oui, d'une certaine manière. Nous avons une créativité. Et les questions se posent par anticipation, par souci de l'avenir. Et automatiquement se posent aussi les questions de la mort et donc de la signification de la vie. Mais il faut nous faire à l'idée qu'à ces questions-là aussi, la réponse est désormais totalement indéterminée.

3.

Entretien avec Albert Jacquard

> « En tant qu'agnostique, je suis sûr que beaucoup de croyants sont contents que l'on cesse de faire de leur Dieu un bricoleur de mondes. »

Parmi les scientifiques qui excellent à raconter la grande aventure de l'univers et de la vie, Albert Jacquard tient une place à part. Spécialiste de génétique mathématique, auteur de nombreux ouvrages grand public, c'est aussi un écologiste et un humaniste contestataire, qui n'hésite pas à interpeller confrères scientifiques, pouvoirs publics ou puissances économiques pour défendre les sans-logis ou protester contre les apprentis sorciers. Autrement dit, un anticonformiste, peu soucieux du qu'en-dira-t-on.

Ses combats ne l'ont pas rendu sceptique, mais au contraire rapproché des poètes et des contemplatifs. Ainsi, usant d'un langage peu courant chez ses pairs, cet ardent défenseur de la laïcité déclare par exemple : « Comme François d'Assise, je dis "ma sœur l'eau" ! Si je remonte en direction du Big Bang, la goutte d'eau est effectivement ma frangine. Nous vivons désormais dans un univers qui a une histoire. C'est tout nouveau, vous savez, cette façon de voir. L'univers n'est pas statique, il bouge, les galaxies s'éloignent les unes des autres et chacun peut dire : "Je suis un morceau de l'univers." En remontant à quelques générations, j'ai des ancêtres communs avec vous. Si je remonte à cinq cents millions d'années, j'ai des ancêtres communs avec les poissons et à quatorze milliards d'années, une goutte d'eau est ma sœur. Cette insertion dans l'univers m'émerveille : je suis un bout d'univers… mais pas n'importe lequel ! »

Sans jamais quitter la rigueur scientifique admise par la communauté des chercheurs, cet agnostique émerveillé, très au fait des différentes cosmogonies religieuses, est tout à fait d'accord pour dire que tout se passe comme si, depuis le Big Bang, la réalité n'avait fait que se complexifier de plus en plus, pour finalement aboutir à l'homme. Mais selon lui, cela ne démontre pas qu'il y ait un « principe créateur » à l'origine de l'univers. En revanche, et il tombe là d'accord avec Ilya Prigogine, nous nous retrouvons avec une responsabilité extraordinaire, lourde, mais enthousiasmante. Bien qu'il soit d'abord biologiste, pour lui, il n'y a au fond aucune différence entre « matière inerte » et « matière vivante », car elles sont fondamentalement faites de systèmes ouverts, communiquant les uns avec les autres.

Moyennant quoi, tout en rejetant le principe anthropique fort, notre savant parle parfois comme quelqu'un qui aurait la foi du charbonnier. Il est en tout cas convaincu que, derrière les turbulences d'une histoire immédiate injuste et violente qui le révolte, se cache en réalité une Renaissance culturelle et un Réenchantement du monde que nos descendants admireront.

Une rencontre souvent désopilante.

Patrice Van Eersel : Le monde s'est-il créé tout seul ?

Albert Jacquard : Mais le mot même de « création » ne signifie rien ! Évoquer la création, c'est évoquer un événement qui n'avait pas encore eu lieu tant qu'il n'a pas eu lieu, et qui avait déjà eu lieu une fois qu'on en a le souvenir : c'est supposer que le temps, en lui-même, existe et se déroule. Or c'est un vrai problème que de savoir si le temps se déroule indépendamment des choses qui arrivent. Moi, je dirais volontiers comme saint Augustin : le temps, je sais ce que c'est, comme tout le monde, mais je serais incapable de le définir, sinon par une seule chose, fondamentale, qui est que si rien ne se passait, il n'y aurait pas de temps passé. Ce qui fait que le temps passe, c'est que des événements ont lieu. Imaginez un univers où rien ne se passerait – il n'y aurait ni horloge ni le moindre tic-tac : comment inventer la notion du temps ? D'où viendrait-il, ce temps ? Par conséquent, le temps n'est pas, comme on le croit spontanément, une toile de fond qui se déroule pendant que des événements ont lieu sur la scène, et qui se déroulerait même si rien ne s'y passait. Le temps, c'est le nom que l'on donne à la succession des événements elle-même. Parlez-moi d'événements qui se succèdent, et je saurai ce qu'est le temps. Sinon, vous employez un mot qui n'a pas de sens. Aucun processus ne peut avoir une origine en lui-même.

Mais il y a bien eu le Big Bang ?

Non, il n'y a pas eu de Big Bang. C'est un nom que l'on donne à un point inaccessible, inaccessible par définition, ce n'est pas un « événement », sinon il faudrait qu'une seconde avant, il n'ait pas encore eu lieu, or le temps n'existait pas ! Donc le point « T zéro » n'existe pas non plus. La science s'en approche : on sait comment était l'univers trois cent mille ans après, on remontera sans doute jusqu'au milliardième de milliardième de seconde après. Mais l'instant même, lui, reste inaccessible, car on arriverait à un instant qui n'a pas d'instant avant lui. Autrement dit, imaginer l'origine, c'est définir un moment qui serait le premier, et tenter de savoir ce qu'il y avait avant !

Ne pourrait-on dire qu'il s'agit d'une interface entre le nommable et l'innommable ?

Alors oui, si vous faites le lien entre le monde et « autre chose », tout va bien ! Seulement, de quoi parlez-vous quand vous parlez d'autre chose que ce qui existe ? Avec ma définition, Dieu par définition n'existe pas. Mais il n'a pas besoin d'exister pour être ! Car vous êtes en train de dire : « L'innommable, c'est ça » !

Prigogine, que nous avons interrogé sur le sujet, se démarque d'Einstein au sujet du temps. Il dit qu'en relativisant le temps, on en vient à l'envisager comme une sorte de continuum dans lequel on peut aller et venir, alors qu'en réalité, il est dissymétrique et irréversible. Je suppose qu'il aurait été d'accord avec vous pour définir le temps comme une succession d'événements.

Voilà, et il n'y a pas de début à l'affaire. C'est pourquoi, quand les enfants posent la question : « Qu'est-ce qu'il y avait avant le Big Bang ? », il ne faut pas répondre : « Il n'y avait rien. » Comment voulez-vous fonder ce « il n'y avait » qui suppose que le temps se déroule ? Il faut répondre : « Il n'y avait pas de "il y avait", car il n'y avait pas de temps. » Si le Big Bang a eu lieu il y a quatorze milliards d'années, il n'a pas existé d'année « moins quatorze milliards et quelque ». Tout comme il serait absurde de dire : « On est à moins dix minutes, moins vingt secondes... avant le Big Bang. » Par définition, il n'y avait pas d'avant ! Donc il n'y a pas eu de « création » et donc il n'existe pas de créateur.

Voilà maintenant de quoi inquiéter les théologiens !

Pensez-vous ! Certains sont très contents, au contraire, que l'on débarrasse enfin Dieu – et Dieu, ce n'est pas rien ! – de ce rôle stupide et ridicule de bricoleur qui, pour ne plus s'ennuyer dans le néant (il y a de quoi s'ennuyer, dans le néant, certes !), décide de faire des quarks, des neutrons, des protons, des Big Bangs. C'est un blasphème, pensent ces théologiens, que de ramener Dieu au niveau du petit crétin qui fait des expériences dans son labo – lesquelles dérapent d'ailleurs de temps en temps ! Et du coup, s'il n'est pas créateur, pourquoi voudriez-vous qu'il soit tout-puissant ? Une théologienne protestante géniale, France Quéré[1], a dit magnifiquement : « Dieu est innocent de la toute-puissance dont certains veulent

1. France Quéré (1936-1995), auteur de nombreux ouvrages, dont *Les Femmes de l'Évangile* (Seuil, 1982), *L'Éthique et la Vie*

l'accabler. » Évidemment, il ne s'agit pas du Dieu que l'on prie pour qu'il pleuve, et chez soi plutôt que chez le voisin ! Mais du côté des théologiens intelligents, on est assez satisfait de savoir qu'il n'y a pas eu objectivement de création.

Là où cela devient passionnant, c'est quand on s'aperçoit qu'il y a autant de temps qu'il y a d'individus. C'est l'histoire des jumeaux d'Einstein, dont il faut bien tirer les conclusions : l'un prend le train, l'autre pas ; au retour le premier est plus jeune que le second. Autrement dit, il y a un temps pour chacun de nous. Parfait. Alors, considérons mon propre temps jacquardien. Il a un début pour les autres, mais pour moi ? Je peux aller le chercher, ce début, en remontant à ma naissance, à ma vie intra-utérine. Je vais me rapprocher de mon Big Bang à moi : la rencontre de l'ovule et du spermatozoïde qui m'ont constitué. Mais puis-je atteindre l'instant d'avant, qui n'a pas de sens pour moi ? Avant cette rencontre, le temps jacquardien n'avait pas d'existence ! Par conséquent, je n'ai pas d'instant créateur, je n'ai pas d'origine !

Prenons un autre exemple de paradoxe temporel, que j'aime beaucoup : quand j'ai eu dix ans, combien de temps ai-je attendu pour en avoir onze ? Un an. Ça a été long ! Mais bizarrement, quand j'ai eu soixante ans, l'année pour atteindre soixante et un ans m'a paru beaucoup plus courte ! Je me suis alors précipité sur des bouquins de psychologie ou de sociopsychologie pour apprendre la chose suivante : la sensation est pro-

---

(Odile Jacob, 1991) et *Conscience et neurosciences* (avec Paul Ricœur et Axel Kahn, Bayard, 2001).

portionnelle au logarithme de l'excitation. Quand vous avez cent grammes dans une main et que vous en ajoutez dix, vous obtenez une certaine sensation d'augmentation du poids. Mais il vous faudra ajouter vingt grammes et non pas dix pour avoir la même sensation si vous avez en main un poids de deux cents grammes. Car on perçoit la variation proportionnelle et non pas la variation absolue. Ainsi, pour avoir la même sensation de durée qu'entre dix et onze ans, il faut passer de soixante à soixante-six ans (10 %), et non de soixante à soixante et un. La Terre aura fait dans un cas six fois le tour du Soleil, dans l'autre seulement un, mais mon temps jacquardien s'en moque car pour lui, de dix à onze ans et de soixante à soixante-six ans, c'est pareil. Par conséquent, mon âge jacquardien est le logarithme du nombre de mes années. Et je retrouve l'affaire de mon origine : tout d'un coup, j'existais, c'est un événement qui a eu lieu dans le temps cosmique. Mais pour mon temps jacquardien ? Cet événement n'a pas pu avoir lieu. Car à l'instant zéro, le logarithme de mon âge, ce n'est pas zéro : le logarithme de zéro, c'est moins l'infini. Et me voici, ayant retrouvé l'éternité, dans le passé ! C'est bien plus beau que dans l'avenir ! Vous avez devant vous quelqu'un qui sort de l'éternité ! Moi, j'aime bien me noyer dans l'infini de mon logarithme. On voit les choses autrement, et ce n'est pas plus bête. Il n'y a pas de début d'Albert Jacquard.

En quoi cela vous fait-il voir les choses autrement ?

Cela me donne le sentiment de tenir le coup face à l'éternité. Pas de fausse honte : mon éternité vaut celle du cosmos, je n'ai pas à l'attendre, j'en sors ! Par conséquent, je peux m'intéresser à l'éternité des particules, des soleils, d'Albert Jacquard, tout fait partie du grand monde jusqu'à sa création et je vois un horizon infini.

Et donc, quoi qu'il arrive, même selon la logique religieuse qui définit l'âme comme en dehors de l'espace et du temps, il n'y a rien non plus « après » la mort, car le mot « après » est dans le temps, or il n'y a plus de temps ?

Effectivement, ce n'est pas définissable. Mais il faut rappeler – je peux vous le démontrer par un raisonnement mathématique – que le temps n'est pas une donnée universelle comme la constante de gravitation, le h de Planck ou la vitesse de la lumière. C'est un résultat obtenu à partir de ces données, et nécessairement plus grand que 10^{-45} s (dix puissance moins 45 seconde). Aucune durée ne peut être plus petite que ce chiffre, infime certes, mais supérieur à zéro. Donc le temps n'est pas lisse, il est granulaire. Le temps qu'on manipule, c'est le grain.

Derrière notre question de départ un peu naïve – le monde s'est-il créé tout seul ? – il y en a une autre, inspirée notamment par les théories de l'auto-organisation : le monde se suffit-il à lui-même pour évoluer, grandir, pour s'expliquer en quelque sorte par lui-même ? Quand vous dites de l'« entité Albert Jacquard » que son origine n'a pas de sens, cela signifie que l'on ne peut expliquer globalement Albert Jacquard et donc qu'il est un système incomplet, comme tous les systèmes, non ?

Exactement. J'ai un début pour le cosmos, le cosmos a un début pour autre chose, mais l'univers, au sens d'ensemble de tout ce qui existe, reste indéfinissable. On ne peut imaginer quelque chose qui se referme sur soi-même. C'est le problème qu'a soulevé le mathématicien anglais Bertrand Russell dès 1919, en démontrant que l'ensemble de tous les ensembles n'existe pas. Russell prenait l'exemple de sa bibliothèque : j'ai beaucoup de livres, je décide de les cataloguer. Il y a deux types de catalogues : ceux qui se mentionnent eux-mêmes et ceux qui ne se mentionnent pas. Imaginons que je veuille faire le catalogue des catalogues qui ne se mentionnent pas eux-mêmes : vais-je le faire se mentionner lui-même, ou non ? Problème ! Si je décide qu'il doit appartenir à la catégorie des catalogues qui ne se mentionnent pas eux-mêmes, ça ne va pas, car en tant que catalogue ne se mentionnant pas lui-même, il devrait être mentionné ! Mais ça ne va pas non plus si je décide qu'il se mentionnera lui-même, car dans ce cas il devient un catalogue qui se mentionne… et il n'a rien à faire dans le catalogue des catalogues qui ne se mentionnent pas ! Pour s'en sortir, il faut faire appel à un niveau supérieur, qui intègre ce paradoxe. Il n'y a pas d'ensemble de tous les ensembles, l'univers n'est pas définissable, ce n'est pas une espèce de sphère où l'on met tout ce qui existe, car il lui faudrait alors une frontière séparant ce qui existe de ce qui n'existe pas, et ce qui n'existe pas n'existant pas, vous êtes feinté de nouveau. Par conséquent, nous devons en permanence nous référer à un tout supérieur à nous, aucun ensemble ne se contient lui-même.

Ce paradoxe de Russell est un cousin du théorème de Gödel…

Bien sûr. La démonstration de Bertrand Russell sur l'impossibilité de se référer à un ensemble de tous les ensembles a provoqué une remise en cause de toute la logique mathématique, qui a abouti en 1932 au théorème de Kurt Gödel disant qu'aucune théorie, même la plus simple comme l'arithmétique, ne peut être complète. Elle contient toujours une définition ou une affirmation dont vous ne pourrez démontrer ni qu'elle est vraie ni qu'elle est fausse. Vous vous souvenez des nombres pairs et des nombres premiers ? Eh bien, donnez-moi un nombre pair et je vous parie que je trouverai deux nombres premiers dont la somme est égale à ce nombre pair. On a découvert ça en 1742, ça marche à tous les coups. Seulement voilà : on ne sait pas pourquoi, et personne ne peut savoir si un jour, en allant dans les milliards de milliards, on ne trouvera pas un nombre pair pour lequel ça ne marchera pas. Ça s'appelle la « conjecture de Goldbach ». Personne n'a encore démontré qu'elle était indémontrable, mais ce serait beau qu'elle le soit – comme l'affirmation de Cantor sur l'inexistence d'infinis intermédiaires entre l'infini des nombres et l'infini des points sur une droite !

C'est ce type de paradoxe que l'on retrouve en mécanique quantique ?

Oui, mais là, je parlais de logique. Les nombres n'existent pas, c'est l'homme qui a inventé les nombres pairs et les nombres premiers, et ils ont une propriété dont il n'est même pas certain qu'elle existe vraiment. Je trouve que nous devrions en être fiers : un créateur est content quand sa créature lui échappe !

À vous entendre, on pourrait penser que vous êtes physicien ou mathématicien, or vous êtes biologiste. Et en biologie, on parle d'évolution, d'apparition de nouvelles formes. Comment le biologiste voit-il tout cela ? Vous l'avez évoqué à propos de vous-même et de votre enracinement dans l'infini. Mais encore ?

Quand l'ovule a rencontré le spermatozoïde, je n'étais pas là, n'est-ce pas ?

Certains psychologues diraient que vous étiez « dans le rêve de vos parents », dans leur désir, mais revenons à l'évolution et mettons les pieds dans le plat : que pensez-vous du débat actuel « Dieu contre Darwin » ?

Ridicule ! Chaque événement en provoque un autre et à la longue, les choses se font. Notre univers est mû par ce fait : chaque fois que des événements ou des processus se rencontrent, il se passe des choses, et quand la complexité augmente, tout naturellement, des performances apparaissent.

Tout naturellement ?

Mais oui ! Nous sommes dans un univers qui, tout naturellement, s'autocrée, se complexifie, devient plus riche, en permanence. Et toutes ces bêtises du

XIXe siècle à propos de l'entropie, selon lesquelles une structure ne peut, à la longue, que s'abîmer, oublient de dire « … à condition que cette structure soit isolée » ! Certes, je suis un corps avec ma peau autour, et un beau jour, je disparaîtrai. Mais l'univers lui-même n'en mourra pas pour autant, car il n'est pas du tout soumis à l'entropie, c'est le contraire : l'univers s'autocrée, s'enrichit, et moi l'humain, je me faufile là-dedans pour en profiter. Il se trouve que, par une chance étrange, j'ai découvert le feu, l'arithmétique et tout le reste, j'ai découvert que l'univers était indéfinissable et sans limites. De plus, étant donné la conscience que j'en ai, j'y participe.

Je vois que vous partagez certaines idées d'Ilya Prigogine, mais sans doute pas le principe anthropique fort, cher à Trinh Xuan Thuan, pour qui la succession de hasards fous qui font que nous existons est statistiquement tellement impossible qu'il faut forcément en conclure que nous étions « prévus » dès le début de l'univers.

Cette hypothèse présente une erreur logique : ce n'est pas parce qu'un événement a une probabilité infiniment faible qu'on peut considérer qu'il était impossible. J'ai un exemple simple à vous donner : regardez comment nous sommes habillés, là, dans cette pièce au moment de cet entretien. Eh bien, si on avait calculé hier la probabilité que nous soyons habillés exactement comme nous le sommes aujourd'hui – en comptabilisant tous les vêtements de nos garde-robes respectives et leurs combinaisons possibles – cette probabilité eût été infiniment petite elle aussi… et pourtant l'événement a bien lieu. Nous n'en sommes pas pour autant les objets d'un miracle ! Autre exemple : qui aurait dit, il y a un million d'années, qu'une espèce augmenterait ses neurones et le volume de son crâne, malgré l'étroitesse du bassin de ses femelles, au point de devoir faire naître ses petits avant terme ? Selon toute logique, nous étions une espèce foutue, nous aurions dû commencer comme Neandertal, par des femmes avec un grand bassin, puis ensuite des bébés avec un gros crâne. Mais ça n'a pas marché, et c'est Cro-Magnon le mal fichu qui a réussi. C'est n'importe quoi ! Mais dans le n'importe quoi, il y a de temps en temps du pas mal. Et voilà, nous sommes là !

Avec la conscience d'y être, disiez-vous. L'univers est donc un ensemble qui crée de la conscience ?

Nous avons de la chance, au milieu de tout cela, de savoir que nous sommes. Les étoiles ne le savent pas, les êtres vivants ne le savent guère – même si je me dispute avec ma femme quant à savoir si notre chat sait ou pas ! À part ce que ma femme en comprend, je n'en vois guère de preuve. En tout cas, moi, je sais que je sais… et que j'ignore l'essentiel.

Nous savons que nous savons et comme nous avons une petite possibilité d'action, nous pouvons intervenir sur l'évolution…

En effet. Par exemple, nous pouvons tuer tous les êtres vivants sur la planète.

Jusqu'aux bactéries, jusqu'à éradiquer le programme ADN ?

Ça, sans doute pas, non. Mais il faudrait alors attendre de nouveau un milliard d'années, et sans garantie que cela marche tant les possibilités sont nombreuses... Donc, puisque nous pouvons agir, et notamment tout détruire, il faut nous poser la question de savoir ce que nous faisons. C'est pourquoi les gens comme moi se font un devoir de créer une utopie !

Un confrère à vous, le biologiste et cybernéticien Joël de Rosnay, insiste beaucoup sur l'auto-organisation. Est-ce un concept qui a joué dans votre travail, dans votre conception du monde ?

Non. Je l'ai découvert avec le livre d'Henri Atlan, *Entre le cristal et la fumée*[1], mais cela n'a pas fait partie des concepts centraux pour moi. Il m'a semblé que je n'en avais pas vraiment besoin, il suffisait de penser que ce qui se passe à l'instant T est fonction de l'instant T – 1, mais pas de l'instant T + 1. Donc il n'y a pas de finalité. En revanche, il y a des mécanismes parfaitement aléatoires qui vont de T – 1 à T.

Mais la théorie des systèmes, elle, vous l'avez forcément rencontrée ?

Oui, et l'interconnexion, justement, est un concept très différent de l'auto-organisation, puisqu'il prend

1. Henri Atlan, *Entre le cristal et la fumée*, Le Seuil, 1986.

en compte ce qui arrive de l'extérieur et non le pouvoir intérieur de se transformer soi-même. Je ne conçois pas très bien l'auto-organisation. Pour moi, elle ne peut exister qu'à partir du moment où il y a un monde extérieur… et des systèmes poreux. La porosité, voilà un concept que j'ai beaucoup utilisé ! Pour exister, il faut être distinct de ce qui entoure, mais pas séparé par une frontière infranchissable. Dans le poème de Péguy :

Ô Dieu qui les avez pétris de cette terre
Ne vous étonnez pas de les trouver terreux !

Mais je remplacerais volontiers ce « terreux » par « poreux ».

La cellule est un objet, dites-vous souvent. Vous ne faites pas de différence entre l'inanimé et le vivant ?

Nous ne savons pas définir le vivant. Mais la barrière supposée entre animé et inanimé saute à partir du moment où l'on comprend que tout être vivant fonctionne avec de l'ADN, et que l'ADN n'est pas une molécule mystérieuse : c'est une molécule comme le benzène – plus complexe, mais il y a une continuité. Non, la frontière, selon moi, est l'apparition de la conscience : or, on est conscient quand on rencontre une conscience. Et ne recommençons pas avec le vieux problème de savoir comment cela a débuté. Il n'y a pas de début. Le chaînon manquant manque. Il est infini. Dans le dictionnaire Robert, on trouve deux définitions pour « Éternité » : une durée qui n'a ni début ni fin (c'est Dieu), et une durée qui a un début mais pas de fin. Bête comme je suis, j'en propose une troisième : une durée qui n'a pas eu de début mais qui aura une fin.

Si l'animé et l'inanimé ont le même statut, manipuler le matériel génétique et breveter le vivant ne devrait poser aucun problème. Or, de notoriété publique, vous êtes opposé au clonage, aux OGM, aux utérus artificiels…

Je dis qu'il faut refuser ces folies au nom de la morale, mais certainement pas au nom d'un refus de savoir. Par conséquent, si une telle expérience est possible, il faut essayer de la comprendre, mais il ne faut pas passer à l'acte : oui à la compréhension, non à l'action. Pour moi, un ovule, un spermatozoïde, une cellule sont des objets, par conséquent ils ne sont pas sacrés. Ce qui devient sacré, c'est celui qui a déjà fait un pas dans l'humanité, qui a été introduit en humanité.

Où situez-vous ce passage à l'humain ?

S'il n'y a plus de maman, cela va poser un sérieux problème, car pour moi, la frontière passe pour chacun au moment précis où sa maman sait qu'il est là. C'est la conscience de la mère qui donne l'humanité. Érasme a dit : « On ne naît pas homme, on le devient. » Comment ? Par la rencontre des autres et, en premier lieu, de la mère. On est intronisé – mis sur un trône – en humanité au moment où notre maman a pensé : « Tiens, je suis enceinte, il y a quelqu'un en moi. » Peut-être avait-elle pensé la veille que c'était un mal au ventre ou une crampe, mais tout à coup, c'est : « Oh, il y a quelqu'un ! » C'est ainsi que j'essaie de résoudre comme je peux le problème de cette conscience qui tout d'un coup débarque.

Par la rencontre ?

Pour moi c'est le mot essentiel. Le dernier chapitre de mon utopie s'appelle « L'école où l'on apprend l'art de la rencontre ».

Vous avez écrit un texte disant peu ou prou : « Je ne crois pas en Dieu, mais le jour de ma mort je trouverais décevant qu'il ne soit pas là. »

Ah oui ! Je l'ai dit dans mes conversations avec l'abbé Pierre[1] ! Lui, il vivait tranquille, car en mourant il était sûr de faire une rencontre. Formidable ! Il n'empêche qu'il l'aura repoussée autant que possible, il n'était pas tellement pressé ! Moi, je ne suis pas certain qu'il y ait une rencontre, mais si c'est le cas, je crois qu'elle sera bonne. On ne tombe sûrement pas sur un dieu qui dit : « Après tout ce que tu as fait de mal, tiens, tu vas voir de quel bois je me chauffe ! » Je ne crains pas ça, non, je crains surtout qu'il n'y ait rien.

Les sages, scientifiques, religieux ou philosophes, ne devraient-ils pas tous être agnostiques, c'est-à-dire

1. Albert Jacquard, *Absolu. Dialogue avec l'abbé Pierre*, Le Seuil, 1994.

s'avouer incapables de répondre à la question des fins dernières et du divin ?

Oh ! agnostiques, je pense qu'au fond ils le sont tous ! Comment voulez-vous « savoir » en ces matières ? Croyants et athées sont dans des certitudes symétriques qu'un esprit vraiment scientifique ne peut admettre.

Certains affirment « rationnellement savoir » qu'il n'y a rien. Michel Onfray, dans son Traité d'athéologie[1], *par exemple.*

C'est du niveau d'un garçon qui fait sa première communion, ce n'est pas raisonnable. Il faut dire qu'on ne sait rien, qu'on peut mettre dans le mot Dieu des quantités de choses, et que nous n'avons pas besoin de sa toute-puissance pour expliquer ce qui se passe. Dans mon explication du monde, l'introduction de Dieu n'est pas une nécessité logique. Cela ne veut pas dire qu'il n'existe pas.

On ne sait rien, mais en revenant à ce que vous évoquiez plus tôt, on pourrait dire que ce rien est un vide, un signe d'incomplétude ?

Le vide, c'est l'indéfinissable. Dans mon émission sur France Culture, je me suis livré à une réhabilitation de la page blanche. Elle n'est pas vide, heureusement qu'elle est là ! Je la compare à un miroir vu de côté :

1. Michel Onfray, *Traité d'athéologie*, Grasset, 2005.

on ne voit rien, il est presque noir. Mais si je le regarde en face, plein de choses apparaissent. La page blanche est pareille, on va la rendre vivante en entrant en sympathie avec elle, c'est pourquoi on parle d'encre sympathique dans les romans de mystère : il faut faire apparaître quelque chose qui n'y était pas. Imaginez le petit espace entre mon pouce et mon index – celui qui me sert à signifier « un peu ». Indépendamment des molécules d'oxygène ou de poussière, il contient des milliers de conversations – il suffit d'un téléphone portable pour le constater. Dans un centimètre cube d'espace, des milliers de variations électromagnétiques se promènent, avec des informations que je peux faire apparaître, simplement en me connectant avec la bonne antenne. N'est-ce pas formidable ?

On en revient au Big Bang : l'électromagnétisme est l'une des quatre forces physiques qui nous ramènent à quelques milliardièmes de seconde de ce mystère dont vous dites qu'il nous relie à l'infini.

L'électromagnétisme lui-même n'est pas trop mystérieux, on connaît les ondes et les particules qui le portent et il est repérable sur un écran. Sur les quatre forces dont vous parlez, le vrai mystère, le véritable scandale cosmique, c'est la gravitation, qui se balade partout et demeure imprenable ! Et comme elle va toujours dans le même sens, on ne peut pas l'inverser. Cela veut dire que nous ne sommes pas complets. Quand je pense à toutes les tasses que j'ai cassées à cause d'elle ! J'aurais volontiers mis autour de chez moi un écran antigravitationnel.

Vous évoquiez un peu plus tôt votre utopie. Comment la résumeriez-vous ?

À mon âge, j'ai le devoir de dire ce que j'envisage comme horizon pour la fin du nouveau siècle. Alors j'essaie de définir un certain nombre de thèmes, d'être lucide sur la réalité, sachant que cette lucidité est la mienne, différente de celle des autres. Mais ne pourrait-on pas faire des projets, par exemple pour faire reculer l'emprise de l'économie, promouvoir une société humaine sans économie, sans la notion de valeur monétaire, sans compétition – remplacée par l'émulation ? Cela exige de définir un certain nombre de droits – le droit à l'information, qui me permet de dire beaucoup de mal de la télévision ; le droit à la paix, qui me permet de dire du mal de gens qu'on ne va pas nommer ; le droit au logement, le droit aux soins... J'envisage non pas une mondialisation, mais une planétarisation du système sanitaire. Dès qu'un humain est malade, que ce soit du sida dans la brousse ou d'une grippe à Paris, il a droit à des soins, le fait d'être malade l'emportant sur le fait d'être ceci ou cela, ici ou ailleurs. L'Organisation mondiale de la santé deviendrait ministre de la Santé. Pourquoi pas ? L'OMS a bien éradiqué la variole en trente ans. Elle pourrait faire de même avec la lèpre, etc.

Parmi tous les dangers qui nous guettent, quel est celui que vous redoutez le plus ?

La victoire de la compétition, qui ne crée pas de tissu humain nouveau, mais détruit les anciens, ce regard sur l'autre qui dit : « Il faut que je l'emporte sur lui ! » En Europe, la compétition est à l'origine de la plupart de nos constructions mentales, alors que ce devrait être le désir de profiter de la différence avec l'autre pour s'enrichir : « Il n'est pas comme moi, ne pense pas comme moi ? Il va donc pouvoir m'aider. » Et non pas : « Il n'est pas comme moi, donc je lui casse la gueule. »

Ce sont des valeurs que vous avez mises en application ?

J'ai essayé. Ayant surtout eu comme arme la parole, j'ai aussi écrit un livre qui s'appelle *Halte au jeux*[1] *!*

Quel serait votre plus beau rêve ?

Ce serait que l'on considère enfin l'autre comme une (res)source.

Comment y parvenir ?

En changeant l'éducation, dans des classes où il n'y aurait plus du tout de palmarès. Il faut en finir avec la compétition, à la racine.

---

1. Albert Jacquard, *Halte aux jeux*, Stock, 2004.

4.

Entretien avec Joël de Rosnay

« Que l'évolution soit poussée par le passé ou tirée par le futur, c'est avec l'homme et ses techniques que l'univers devient intelligent. »

Docteur ès sciences, Joël de Rosnay est, à l'origine, un biologiste spécialiste des origines du vivant. Mais très vite, il s'oriente vers les nouvelles technologies, la systémique, la prospective. Bien connu du grand public pour ses nombreuses apparitions dans les médias, il a le mérite d'articuler la problématique évolutionniste – au sens large, depuis l'origine du monde – à notre action humaine, les grands enjeux des évolutions technologiques en cours, notamment depuis l'émergence d'Internet, dont il est l'un des meilleurs connaisseurs en France. On sait moins qu'il fut chercheur et enseignant au célèbre Massachusetts Institute of Technology (MIT) de Boston, en biologie et en informatique, puis conseiller scientifique auprès de l'ambassade de France aux États-Unis, avant de devenir directeur de la prospective et de l'évaluation à la Cité des sciences et de l'industrie à Paris. Observateur privilégié de l'interpénétration entre l'humanité et sa technosphère, il est l'auteur de nombreux ouvrages, dans lesquels il brosse un tableau de l'évolution – de l'origine jusqu'à l'imprévisible avenir – qui intègre largement les théories et connaissances issues de l'observation des systèmes complexes. De son premier livre, Le Macroscope, *paru en 1975, à* 2020 :

les scénarios du futur, *publié en 2007, il a rédigé une vingtaine d'ouvrages, dont* L'Homme symbiotique, *qui date de 1995, qui préfigurait avec clairvoyance les bouleversements que connaît la vision scientifique du monde aujourd'hui*[1]. *Il fut l'un des premiers Français à comprendre l'importance qu'allait prendre la symbiose entre l'individu branché sur les réseaux mondiaux et les produits de l'intelligence artificielle et de la robotique. Son côté Pic de La Mirandole – ou Jules Verne – l'a fait s'intéresser à peu près à toutes les questions scientifiques d'avant-garde. Il nous a paru particulièrement bien placé pour répondre à notre question.*

Patrice Van Eersel : De nombreuses disciplines scientifiques, en s'ouvrant à la pensée des systèmes complexes et en découvrant l'auto-organisation, s'obligent à poser à nouveau la question de l'évolution, de la création ou de l'autocréation de façon nouvelle. C'est en tout cas ce qu'ont fait apparaître nos précédents interlocuteurs. L'astrophysicien Trinh Xuan Thuan, partisan du principe anthropique fort, estime que l'homme et la conscience sont en quelque sorte un état incontournable de la matière – et que nous étions donc « prévus » dans l'histoire du cosmos –, ce dernier s'avérant donc intelligent et doué d'intention. Le chimiste et physicien Ilya Prigogine et le biologiste Albert Jacquard s'opposent à cette vision téléolo-

1. Joël de Rosnay, *Le Macroscope*, Le Seuil, 1975 ; *L'Homme symbiotique*, Le Seuil, 1995 ; *2020 : les scénarios du futur*, Éd. des idées et des hommes, 2007.

gique et, sans pouvoir se prononcer sur l'origine première, sont persuadés que l'évolution de l'univers avance au hasard, ce qui donne à la fois le vertige et un sens extrême de la liberté. Vous êtes un observateur privilégié des bouleversements scientifiques, et l'auto-organisation est l'un de vos thèmes préférés. Il nous intéresserait beaucoup d'avoir votre point de vue sur ce débat et votre réponse personnelle à cette question naïve : le monde s'est-il créé tout seul ?

Joël de Rosnay : L'opposition classique qui oppose la téléonomie et la causalité tient à ce qu'elles reposent sur deux visions opposées de l'écoulement du temps. L'avant et l'après. La cause précède toujours le résultat, mais vous pouvez choisir soit l'un soit l'autre comme point de fuite de votre perspective. Dans mon livre *Le Macroscope*, où j'opposais – pour simplifier – Jacques Monod à Teilhard de Chardin, j'avais déjà décrit ce schéma double : d'un côté c'est un cône qui va du passé vers le futur en divergeant, et de l'autre c'est un cône qui va du passé vers le futur en convergeant.

Si vous avez une vision des origines purement causaliste, vous partez du Big Bang, qui a donné les particules élémentaires, qui ont donné les atomes, puis les molécules, les macromolécules, ensuite les cellules et, la complexité se poursuivant, vous vous retrouvez dans un système divergent, avec des variétés de plus en plus riches, générées selon la logique darwinienne de l'évolution, avec une complexité croissante, en arborescence.

Mais vous pouvez aussi observer le cône qui, partant du chaos primitif, converge en direction de la vie, de l'humain, de la conscience, et vous vous retrouvez alors avec la vision téléonomique de Teilhard de Chardin, qui dit en gros : « La loi de complexité-conscience débarrasse progressivement la matière de son poids et va vers l'Esprit, lequel embrassera la globalité de l'univers à la fin des temps, au point Oméga. Et l'évolution va vers cela. » C'est là une vision purement téléonomique ! Personnellement, je ne suis ni pour l'un ni pour l'autre de ces deux schémas.

Vous refusez de choisir ?

Causalité et finalité, déterminisme et finalisme, matérialisme et spiritualisme sont des alternatives irréductibles parce qu'elles se réfèrent à un seul sens de l'écoulement du temps, celui de l'horloge, de l'entropie croissante, de la désorganisation de l'univers décrite par le second principe de la thermodynamique. Mais force est de remarquer qu'il existe une évolution apparemment opposée, qui va vers l'accroissement de la complexité, la production de nouveauté, tout aussi constatables dans la nature que dans la société. Faut-il pour autant en déduire que cela répond à un plan préétabli ?

Je suis beaucoup plus empirique et pragmatique, à l'anglo-saxonne, et je constate que l'activité humaine, surtout aujourd'hui, accroît la complexité de façon telle que ce flux de création d'information de plus en plus intense s'oppose désormais à la dégradation entropique. Je pense que nous sommes dans un système que nous commençons à peine à comprendre et à déchiffrer, livré à un processus que j'ai appelé, dans mon livre *L'Homme symbiotique*, l'« évolution symbionomique » – j'ai trouvé ce néologisme plus pratique et plus court que « Théorie générale de l'auto-organisation et de la dynamique des systèmes complexes » ! En associant *symbios* et *nomos*, j'obtiens « association conduisant vers quelque chose dont on observe a posteriori le résultat ». L'évolution donne à beaucoup l'impression que tout a été créé volontairement, qu'une intelligence suprême a produit ce que nous sommes. En réalité, nous sommes le résultat de beaucoup de hasards, de chaos, d'amplifications, de bifurcations et de structures dissipatives successives. Tout cela conduit à un *pattern*, à une forme émergeante, que nous analysons après coup et que, rétrospectivement, par dérive anthropomorphique, nous associons à une impressionnante cascade de causalités qui nous semblent intentionnelles. Mais c'est une illusion.

Vous estimez que c'est la logique même des lois de la complexité de faire émerger la variété des formes du monde que nous connaissons…

C'est exactement cela, l'auto-organisation. Une forme organisée peut naître de mouvements chaotiques aléatoires et se stabiliser. C'est ce que décrit la théorie du chaos : dans un système constitué de nombreux éléments en interaction (molécules, fourmis ou humains), les fluctuations autour de l'état d'équilibre peuvent s'amplifier et, devenant des oscillations plus régulières, donner naissance à des bifurcations évolutives. Par des amplifications successives, elles peuvent conduire certains sous-ensembles du système à se constituer en structures autonomes organisées – dites « dissipatives » depuis Prigogine –, capables d'optimiser le flux d'énergie qui les traverse et de se maintenir dans le temps, voire d'accélérer la formation de nouvelles structures par des processus d'autocatalyse et d'accélération analogues à une forme de reproduction. C'est ainsi que s'explique l'émergence de nouvelles structures, fonctions, réseaux ou systèmes.

Les sciences de la complexité nous ont permis de le comprendre et même, grâce à l'ordinateur, de le reproduire, par exemple sous forme d'algorithmes génétiques qui mutent, s'autosélectionnent, accroissent leur population, etc. Certes, ce n'est pas encore de la vie – aucun programme informatique ne sait encore métaboliser son énergie comme le fait la moindre cellule vivante. Mais certains programmes peuvent se reproduire, s'autoréguler, évoluer – trois autres capacités ordinairement attribuées au vivant. Entre matière complexe et vie rudimentaire, la frontière devient de plus en plus ténue. Cela nous conduit à considérer la réalité comme un ensemble de systèmes complexes emboîtés, faits de multiples éléments en interaction. La vie, dans cette optique, résulte de ces interactions et de leur degré d'intensité. Elle n'est pas « dans » la molécule, c'est une propriété « émergeante » de la dynamique du système.

Peut-on alors, comme James Lovelock[1]*, parler de Gaïa, la biosphère terrestre, comme d'un être « vivant » ?*

L'hypothèse Gaïa n'est pas fausse. La Terre constitue bien un système vivant autorégulé, cybernétique-

1. James Lovelock, Britannique, médecin, ingénieur, conseiller de la Nasa ; auteur, entre autres, de *La Terre est un être vivant*, Le Rocher, 1986 ; *Les Âges de Gaïa*, Laffont, 1990 ; *La Revanche de Gaïa*, Flammarion, 2007.

ment capable de métaboliser de l'énergie, où les forêts sombres, par exemple, absorbent la lumière, alors que les espaces blancs la réfléchissent, provoquant tout un système d'interactions atmosphériques. Mais formulée telle quelle – « la Terre est un être vivant » –, je trouve cette pensée incomplète : elle semble faire de l'homme le point d'aboutissement de l'évolution. On peut en tirer une vision géopolitique dangereuse, parce que trop globale, tenant l'apport des cultures humaines pour quantité négligeable, ou au contraire rejetant l'homme parce que dangereux pour Gaïa. Dans cette approche, notamment revendiquée par les adeptes de l'« écologie profonde » (*deep ecology*), la pensée systémique peut devenir totalitaire, « globalitaire » pourrait-on même dire. Moi, j'ai toujours considéré la systémique non comme un point d'arrivée (par exemple, pour prouver que les choses convergent), mais comme un point de départ. Les modèles de l'esprit sont des points de départ de la réflexion, des étapes d'un escalier, jamais des points d'arrivée. Un point d'arrivée enferme : on y croit et on devient globalitaire – comme certains écologistes. Une vision globalitaire peut conduire à toutes sortes d'idéologies, comme le totalitarisme politique a conduit au goulag. Méfiance donc ! Dans mon optique symbionomique, l'homme n'est pas un aboutissement, mais la cellule de départ et le catalyseur d'une nouvelle forme de vie, d'une macrovie dont nous pouvons déjà retracer l'émergence.

Vous considérez l'humain comme une étape, à partir de laquelle il est possible de réfléchir à l'évolution ultérieure ?

J'ai proposé, dans *L'Homme symbiotique*, de nommer « cybionte » cette macrocellule vivante planétaire qui est appelée à naître. C'est le mariage du futur : la neurobiologie de Gaïa – à la fois cybernétique et biologique. *Cyber* vient du mot grec signifiant « gouverner » : l'humanité, par le biais de sa technostructure, devient le copilote de l'évolution. Elle le doit en grande partie à l'ordinateur, qui représente l'outil d'exploration du troisième infini. D'abord, le télescope nous a fait abandonner le géocentrisme (car la Terre, loin d'être le centre de l'univers, est un astéroïde soumis aux lois universelles de la gravitation). Puis le microscope nous a libérés de l'anthropocentrisme (car l'évolution concerne tout le vivant, espèce humaine incluse). Maintenant, voici venue l'heure de ce « macroscope » que constitue l'ordinateur. Grâce notamment à la simulation des systèmes complexes, il va nous faire perdre notre biocentrisme. En nous permettant de modéliser, de comprendre, voire d'agir sur la complexité, il élargit le champ du vivant à des formes de vie artificiellement créées par l'homme, susceptibles de se reproduire et d'évoluer vers de nouvelles formes – comme ces agents informatiques intelligents qui tiennent compte des réactions du donneur d'ordre devant leurs résultats pour évoluer, un peu à la manière d'un chien que l'on dresse. Interconnectés comme ils le sont de plus en plus, les ordinateurs formeront, via les interfaces biotiques et le cyberespace, le cerveau du cybionte.

Voilà notre question de départ abruptement ramenée au temps présent ! Ce n'est plus « le monde s'est-il créé tout seul ?», mais « la technologie humaine peut-elle créer un nouveau monde, s'inscrivant dans la suite de l'évolution ? ».

En effet, car l'apparition du cybionte se fait selon les mêmes processus que ceux qui président depuis toujours à l'auto-organisation : autoreproduction, autoconservation et autorégulation.

Autoreproduction, grâce à l'industrie qui fabrique les « briques » de construction du cybionte – machines et produits manufacturés.

Autoconservation, grâce à l'agriculture et à la maîtrise de l'énergie – fossile, nucléaire ou autre.

Autorégulation, enfin, assurée par les moyens de communication et de traitement de l'information – Internet fournissant une ébauche d'un cerveau planétaire.

Ainsi sont réunies les conditions techniques d'une symbiose et d'une coévolution entre l'homme, l'environnement et la société, au sein d'un macro-organisme auto-organisé.

Un macro-organisme planétaire dont la naissance serait, en quelque sorte, « naturelle », à un niveau difficilement perceptible aux « atomes individuels » que nous sommes ?

S'il est une chose que les sciences de la complexité nous enseignent, en reliant pensée analytique et pensée systémique, c'est la fragilité des barrières que nous mettons entre nature et culture. La spécialisation à outrance de notre vision du monde a rendu invisibles

les grandes forces naturelles qui agissent sur les systèmes sociaux tout autant que sur la nature. Des principes fondamentaux sont à l'œuvre, qui s'expriment, à notre niveau d'observation, par de nombreuses similitudes. De l'atome à la société humaine ou à l'écosystème, en passant par la molécule, la cellule, la famille, la tribu ou la nation ; les mêmes règles d'assemblage sont utilisées pour construire des structures de complexité plus grande : une recombinaison de modules élémentaires devenant le modèle de construction du niveau supérieur. Les grandes fonctions de la vie, des organisations humaines ou de l'écosystème s'appuient sur les mêmes types de structures : réseaux de communication, cycles énergétiques, circulation d'information et de matière, interfaces, boucles de régulation. Les sciences de la complexité permettent ainsi de comprendre les règles générales qui vont déterminer l'évolution de la société humaine vers une nouvelle symbiose, comme elles ont déterminé l'évolution de tout le vivant jusqu'ici.

N'y a-t-il pas un risque « globalitaire » ici aussi ?

C'est le défi : notre espèce est en train de construire, de l'intérieur, un organisme vivant d'un niveau d'organisation supérieur à sa propre entité. Sa souveraineté et la portée de son action sur le monde sont remises en question. Aucune philosophie, idéologie ni religion ne nous a préparés à cette étape, nos structures politiques n'y sont pas adaptées. L'un des enjeux principaux est notamment qu'il devient indispensable et urgent de réconcilier l'économie et l'écologie. Il est étonnant que les économistes n'aient pas pris conscience plus tôt de l'importance des relations entre les deux. Écologie comme économie sont pourtant des écosystèmes : l'économie constitue une écologie du système sociétal et l'écologie, une économie de la nature. Les mêmes principes symbionomiques y entrent en jeu : métabolisme de l'énergie, autoconservation, transmission d'information, compétition, coopération... On voit donc que la naissance du cybionte ne pourra se faire qu'en surmontant l'opposition actuelle, due à l'emballement du système sociétal. La relation parasitaire doit devenir une relation symbiotique – ce qui n'est pas automatique : un parasite peut finir par tuer son hôte ! La contribution de Gaïa doit être prise en compte, comme un « écocapital » venant s'ajouter aux trois autres capitaux (la terre, le travail, l'argent). Cet écocapital est essentiel à la survie du système tout entier. Il faudra également abandonner une part de notre individualisme, passer du « chacun pour soi » au « chacun pour tous », de l'égocitoyen à l'écocitoyen.

Croyez-vous vraiment que nous soyons prêts à une telle évolution ?

Ce n'est pas sans raison que je propose le terme de « symbionomie » pour désigner l'étude de la dynamique des systèmes complexes ! L'émergence de la complexité organisée n'est pas à confondre avec la sélection naturelle : l'auto-organisation, si elle détermine une autosélection (une solution l'emporte par rétroaction positive), comporte aussi sa part de coévolution et de symbiose. C'est vrai pour les systèmes moléculaires comme pour la ruche ou pour l'économie dans les sociétés humaines. Alors, bien sûr, il peut paraître curieux de parler de symbiose entre l'homme et ses machines, mais c'est pourtant bien la direction que nous prenons. Elle ne pourra se faire que dans une symbiose générale avec l'écosystème.

Ce qui ne veut pas dire « en douceur » !

La théorie du chaos, l'un des outils majeurs de la symbionomie, nous apprend en effet que la complexité naît dans une zone de transition particulière, en « bordure du chaos » comme dit le chercheur Christopher Langton[1]. D'un côté, le désordre anarchique, qui ne génère aucune organisation ; de l'autre, un ordre à ce point structuré qu'il en est sclérosé. Entre les deux, comme dans une transition de phase, la fluidité, l'adaptation, l'auto-organisation… et l'émergence d'autre chose. Ces processus ne sont pas nécessairement violents, même si l'instabilité règne. La théorie du chaos montre également qu'une organisation complexe peut se maintenir au cours du temps, évoluer, s'adapter, au milieu du désordre, tout en subissant de nombreuses turbulences. C'est le cas de la vie elle-même, et bien évidemment des organisations humaines. Enfin, cette évolution du système Terre-homme ne constitue pas le prolongement direct de l'évolution biologique darwi-

1. Christopher Langton dir., *Artificial Life, an Overview*, Londres, MIT Press, 1995 ; *id.* et Katsunori Shimohara, *Artificial Life V, Proceedings of the Vth international workshop on the synthesis and simulation of living systems*, MIT Press, 1997.

nienne subie par l'écosystème. Il y a une différence de nature : des êtres conscients y agissent volontairement, capables de mesurer les effets de leurs actes et de changer. Rien ne dit que la suite du processus évolutif tendra au pire. Je suis empirique, adepte du compromis permanent, fluide : reconstruction, déconstruction – comme la réalité elle-même.

C'est votre côté amoureux des sports de glisse et particulièrement du surf ?

Le surf, c'est à la fois l'imprédictible, le plaisir, le chaotique, le déstructurant et le non-déterminé. Tout comme la vague a été déterminée par la tempête qui l'a fait naître, je ne suis pas complètement libre, j'ai mon poids, ma taille, ma planche, etc. Mais je peux faire des tas de choses, comme dans la vie ! Je peux descendre la vague, me faire plaisir. Elle est venue mourir sur la plage… mais en voici une autre, c'est la renaissance, comme le phénix, je repars. C'est une sorte de flirt avec l'onde.

La stratégie du dauphin ?

Si vous voulez, oui. Ce flirt avec l'onde de vie m'a beaucoup habitué à surfer à travers les difficultés. Mais d'autres images peuvent servir. Quand je lui demandais comment il parvenait à gérer le projet olympique, Jean-Claude Killy me répondait : « Moi, mon cher, je passe par les cols. » Cette façon d'agir correspond parfaitement à l'image du cybionte. Regardez comment la recherche sur l'intelligence artificielle, tant qu'elle a cherché à imiter l'intelligence humaine via des ordinateurs, n'a rien donné. Tout a changé quand elle s'est transformée en recherche sur la vie artificielle : puisqu'un insecte comme la mouche réagit aux sollicitations de l'environnement, apprend et se régule, il doit être possible de copier son comportement et de le faire imiter par des systèmes très simples, en construisant de l'intelligence artificielle du bas vers le haut plutôt qu'en sens contraire.

L'idée porteuse aujourd'hui combine l'intelligence collective d'une part (permise par les réseaux) et la vie artificielle simulée sur ordinateur, qui permet de découvrir la façon dont les systèmes apprennent, mémorisent et adaptent leur comportement aux sollicitations de l'environnement. Voilà le type de démarche qui, si on la couple avec le concept d'intelligence collective développée par Pierre Lévy[1], donnera naissance au cybionte dont je parle. Non pas un homme greffé d'artefacts, mais un macro-organisme planétaire constitué par des hommes intégrés dans des réseaux intelligents.

C'est sans doute la raison pour laquelle vous aimez vous définir comme un « opti-pessimiste » ! Que cache cette formule de Normand ?

Un optimisme inquiet. C'est la logique de la complémentarité. Quand on me demande : « Êtes-vous

1. Pierre Lévy, sociologue, philosophe, ingénieur cogniticien, auteur notamment de *L'Intelligence collective*, La Découverte, 1997 ; *Les Arbres de connaissances*, La Découverte, 1996 ; *Cyberdémocratie, essai de philosophie politique*, Odile Jacob, 2001.

optimiste ou pessimiste ? », j'ai toujours envie de dire que je suis 50/50 – ce qui est très différent de 51/49 ! Mais les gens me rétorquent : « 50/50, ce n'est pas possible, c'est trop symétrique, on ne peut pas vivre comme ça. » Eh bien si ! Je prétends que la vision pessimiste ou optimiste que nous avons du monde sera totalement déterminée par ce que nous en ferons. C'est à l'homme responsable et informé de faire en sorte que tout cela bascule ensuite vers du 60/40, vers du 70/30, voire du 80/20, bref vers un monde meilleur pour l'homme. Et là, on pourra commencer à être réellement optimiste, parce qu'on aura des résultats en main. Bien sûr, tout cela est un jeu… Pour moi, en réalité, je me situe différemment : toujours à 100 %. Je suis soit à 100 % pessimiste, soit à 100 % optimiste, selon les cas. Par exemple, si je regarde l'évolution de la complexité, notamment avec l'extériorisation des réseaux de communication qui se sont bâtis autour de nous, par le téléphone portable, l'Internet à haut débit et le mariage entre les deux, bref par les objets intelligents qui nous entourent, qui vont se parler entre eux… je suis optimiste et ravi. Cela va complètement dans le sens des réseaux d'intelligence collective « à la Pierre Lévy » : finalement, il y a véritablement une chance que se réalise la vision que nous avons été quelques-uns à avoir, il y a trente ou quarante ans, et ce sera l'une des meilleures choses que l'on puisse souhaiter à l'humanité et à tous les peuples. Le cybionte – cette humanité autoprolongée via la machine – permettra la rencontre, la discussion, le rapprochement, l'apprivoisement de tout ce qui nous semble étranger et dérangeant. Pour le moment, l'étranger est « étrange », on le tue d'abord et on réfléchit ensuite. Imaginer que cela puisse cesser, voilà une vision optimiste.

Maintenant, je peux prendre les mêmes données et, devenant 100 % pessimiste, les faire virer au pire. Parce que l'Internet, les téléphones portables, les communications multiplex tous azimuts… tout cela va permettre la traçabilité policière, susciter plus de piratages, plus de spams, plus de virus, plus d'aliénation des gens qui, enfermés devant leur écran, ne vont plus vouloir aller physiquement au contact de l'autre, parce que celui-ci fera toujours peur, biologiquement peur – il deviendra plus jouissif de se joindre sur le Web que d'essayer de se rencontrer dans le monde réel. C'est donc là un monde épouvantable. Et c'est aussi un aspect du virtuel.

Ira-t-on vers ce qui est meilleur pour l'homme ou vers ce qui sera pire ? La réponse relève de la foi. Mais moi, je ne suis pas croyant, je suis un scientifique et je regarde les faits. Et ce que je vois, c'est que nous allons vers la complexité croissante des réseaux, la télévision reliée à Internet, le fait que les gens ont le pouvoir, avec de petites caméras numériques, de recevoir et d'émettre de chez eux, par satellite et non plus par la poste, leurs infos ou des films d'éducation et de loisirs. Les téléphones devenus appareils de photo semblent un gadget débile avec lequel on fait des bêtises, mais ils vont servir à des tas de choses dont vous n'avez aucune idée…

Voici de nouveau votre côté optimiste : un monde qui « s'auto-organise » ne peut être prévu… parions sur le meilleur ?

Oui, parce que cela se réinvente en permanence. Je me refuse complètement à entrer dans cette logique dualiste et manichéenne du « on est optimiste, on est pessimiste ». Tout dépend des conditions. Et moi, je ne vois cette opposition que dans un triangle : vision optimiste – vision pessimiste – construction. L'aspect participatif à la construction du monde est essentiel, car c'est dans cette construction qu'on peut apporter une petite pierre à l'édifice pour le faire évoluer dans un sens qui favorise l'homme, les libertés humaines, le bonheur de vivre, le sens de la vie… C'est mon rôle à moi, enfin j'essaye, comme éducateur, écrivain, conseiller à la Cité des sciences et communicateur.

Je suis un technologue humaniste. Ce qui m'intéresse, c'est l'évolution de la technologie, les mariages des technologies entre elles, l'émergence de nouveaux secteurs de marchés, industriels, économiques, éducationnels, éthiques, politiques, philosophiques. Humaniste, parce que ce qui m'intéresse c'est l'homme, et l'homme en société, l'homme face à cette irruption technologique et à l'impact que cette technologie peut avoir sur lui. Mais j'ajoute une troisième dimension, qui est dans votre question : je suis un technologue humaniste qui cherche, et même si je ne suis pas dans un labo, je suis un chercheur. Et cette recherche se traduit par mes livres, par la Cité des sciences, par nos expositions, par ce dialogue avec vous : ce chercheur essaye de comprendre si cette petite part d'inconnu peut avoir, pour lui, un éclairage pour le sens de sa vie. Je ne sais pas encore.

Rejoindriez-vous en cela les grands scientifiques du XX*e siècle comme Einstein ou les théoriciens de la* *mécanique quantique – ou encore Wittgenstein, Gödel et même le Jacques Lacan des années 30 qui parlait du « sujet manquant » – et que je qualifierais de scientifiques de l'incomplétude parce qu'ils admettent que plus ça va aller, plus l'inconnu va grandir, alors que l'Académie et l'Université françaises restent encore scientistes ?*

Je pense que les grands scientifiques sont ceux qui sont ouverts dans toute une série de domaines, pour lesquels les modèles qu'ils ont décrits sont des modèles de départ et non d'arrivée. Cette critique du globalitarisme, sur laquelle nous avons tous beaucoup réfléchi, ne m'atteint donc pas trop, dans la mesure où je pense que nous savons qu'il faut être prudent. Il faut éviter le réductionnisme qui cherche à ramener la complexité à des mécanismes moléculaires, et donc la société à des cellules ou des molécules. Nous devons éviter l'impérialisme du biologisme, la sociobiologie et ses tentatives d'étendre ce que l'on sait de la biologie vers la société, et nous méfier des modèles englobants, séduisants – genre Gaïa –, et toujours rebondir de ce modèle vers autre chose. Ma vision du monde est, bien sûr, incomplète. Je tente de m'équilibrer dans la plénitude de la vie et de l'esprit. Le concept d'« incomplétude » me convient. Mais je cherche la *complémentarité*, plutôt que le *complet*…

5.

Entretien avec Jean-Marie Pelt

« Distinguons bien science et spiritualité. Le scientifique en moi exige des preuves rationnelles. Le mystique pense qu'un atome qui en attire un autre, c'est déjà de l'amour ! »

Jean-Marie Pelt, l'un des plus aimés des botanistes français, auteur d'innombrables livres et films sur les plantes (dont la série télévisée La Prodigieuse Histoire des plantes*), présente l'avantage d'être un homme multidimensionnel, qui est à la fois : scientifique rigoureux, connaissant bien le monde des labos ; écologiste de la première heure, qui ne craint pas le complexe agrochimique ; citoyen responsable adjoint de la mairie de Metz ; poète contemplatif devant la beauté du monde ; chrétien profondément œcuménique ; Européen convaincu, confident des dernières années de Robert Schuman, l'architecte de la CEE... Bref, une référence sûre et, sans aucun doute, l'un des authentiques sages de la France actuelle. Lecteur de la Bible, mais très sévère contre les intégristes, il en appelle au retour de l'intuition créatrice dans les labos et de l'humilité mystique dans les religions.*

Patrice Van Eersel : Le monde s'est-il créé tout seul ? Jusqu'ici, les avis divergent, mais tout le monde a accepté de répondre à la question – ce qui n'était pas évident, vu la connotation de l'idée de création. Que répondez-vous ?

Jean-Marie Pelt : Je dirais que c'est là une question à laquelle la science a du mal à répondre, parce qu'elle relève, en partie au moins, de la philosophie. C'est la fameuse question de « la cause première » qui a tant agité les philosophes. C'est aussi une question qui frôle la métaphysique. Quand on évoque la cause première, on évoque aussi « les fins dernières ». Donc, on se trouve là dans un domaine où la science n'est plus toute seule à produire des réponses…

Dans Après nous le déluge ?[1]*, que vous avez cosigné avec Gilles-Éric Séralini, vous commencez par un exposé enthousiaste sur le miracle, mathématiquement hallucinant, de l'avènement de la vie sur Terre. Vous rappelez que la probabilité pour qu'une vie biologique émerge quelque part dans l'univers était infiniment petite et qu'il a fallu un extraordinaire concours de circonstances pour que nous habitions, par exemple, détail rarement cité, une planète penchée sur le plan de l'écliptique, qu'une lune bien placée et de taille* ad hoc *stabilise dans cette inclinaison – sans quoi, la planète serait soumise à des sauts et tremblements rendant une vie complexe impossible. Seriez-vous partisan du principe anthropique ?*

1. Jean-Marie Pelt, avec Gilles-Éric Séralini, *Après nous le déluge ?*, Flammarion-Fayard, 2006.

Comme vous le savez, il y a deux versions à ce principe. Le principe anthropique faible, c'est l'idée que les lois de la physique sont agencées de telle sorte que nous étions productibles, que nous pouvions être là. Je suppose qu'une large majorité de scientifiques le pensent. Mais c'est une tautologie, puisque si ces dites lois de la physique avaient été différentes, nous ne serions évidemment pas là pour en parler. Le débat est donc rapidement clos. Le principe anthropique fort, lui, introduit la notion d'une volonté au départ, qui entrevoit, à la fin d'un long processus, l'émergence de l'homme. Là, je suis un peu gêné par le fait que l'on fasse ainsi entrer dans la science l'idée de finalité, c'est-à-dire que l'on prétende pouvoir scientifiquement donner un sens à l'univers. Je ne dis pas que l'univers n'a pas de sens, mais cette idée, je la ressens plutôt dans la métaphysique que dans la science. Donc, non, je ne dirais pas que je suis un adepte du principe anthropique fort. Je pense qu'il y a eu un commencement, ce qui ne va pas à l'encontre de ce qu'admet la grande majorité des scientifiques – c'est l'hypothèse du Big Bang. Je pense que les choses se sont déroulées comme ça et qu'on arrive à l'homme.

Maintenant, si j'introduis l'idée d'une volonté créatrice, je parle alors de mes convictions spirituelles et c'est tout à fait autre chose. Je suis probablement le seul scientifique croyant chrétien de cet ouvrage. Je mesure à quel point c'est une position difficile dans la science, surtout en France. La science française a toujours été très tentée par le scientisme et par un rationalisme exacerbé, où l'on considère qu'être croyant, c'est automatiquement être obscurantiste. Cela me choque d'autant plus que, adhérant par exemple à l'Évangile de Jean, je me sens un homme de la lumière. Chez saint Jean, il y a une foi profonde dans le Christ ressuscité, qui est la Lumière faisant face aux ténèbres. Or, il s'est produit un retournement tout à fait étonnant du vocabulaire, puisque désormais, celui qui est croyant est jugé obscurantiste, donc du côté des ténèbres !

En tant que croyant chrétien, vous adhérez à ce qu'enseigne la Bible…

Oui, mais là, je m'empresse tout de suite de dégoupiller une autre grenade que vous me lancez, quant à la manière dont on lit la Bible. C'est toute la bagarre entre le créationnisme et le darwinisme. Pour moi, la Bible n'est pas un livre scientifique. C'est un livre qui « fait sens ». Quand on lit un texte comme celui-là, on se trouve un peu dans la situation de quelqu'un qui lit une fable de La Fontaine. Il sait bien que les animaux ne parlent pas entre eux. Il ne nous viendrait pas à l'idée de prendre cette histoire à la lettre. En revanche, à la fin de la fable, il y a une morale : « On a toujours besoin d'un plus petit que soi » ; « Tout flatteur vit aux dépens de celui qui l'écoute » ; et après avoir entendu *La Cigale et la Fourmi*, on comprend qu'en été, quand il y a des moissons, il vaut mieux travailler que chanter et laisser dépérir la récolte. Dans ma lecture de la Bible, c'est ce sens qui m'intéresse. Je suis donc aux antipodes des créationnistes, qui sont des adultes demeurés en enfance.

Une Françoise Dolto aurait été d'accord avec vous, elle qui, dans son Évangile au risque de la psychanalyse[1], *suggère que la Genèse – l'histoire de la création du monde en sept jours – doit être lue comme s'adressant à des enfants, ou à des adultes enfants.*

En tant que lecteur moderne de l'Écriture, je reçois le Livre de la Genèse comme ce qu'il est, c'est-à-dire comme un texte écrit par des hommes exilés en Mésopotamie, six siècles avant Jésus-Christ, et très malheureux de ne pas être à Jérusalem. Dans ce contexte-là, ils décident de rédiger un morceau de bravoure en l'honneur de leur dieu, qu'ils hissent tout de suite au sommet pour en faire le chef suprême ! Des morceaux de bravoure, on en connaît d'autres, *La Marseillaise* par exemple : tout va mal, la Révolution de 1789 va ployer sous la pression des émigrés, alors on lance un morceau de bravoure plus agressif encore que les passages les plus agressifs de la Bible, qui en compte pourtant de sérieux ! Bref, dans ce morceau de bravoure que des prêtres juifs rédigent en exil, ils nous expliquent que leur dieu est le créateur du monde. En cela, ils sont en phase avec les croyances moyennes du milieu et de l'époque où ils se sont trouvés. Ils veulent aller plus loin, ils font mieux. Et c'est assez réussi, puisque leur texte est encore l'un des plus grands best-sellers mondiaux, deux millénaires et demi après ! Mais encore une fois, dans ce texte, ce qui m'intéresse, c'est le sens profond.

1. Françoise Dolto, *L'Évangile au risque de la psychanalyse*, J.-P. Delarge, 1977.

Cela dit, attention, le créationnisme est une tentation venue d'Amérique, qui risque vraiment de nous tomber dessus un de ces jours. Nous assistons en effet, partout, à une très inquiétante montée des fondamentalismes, des intégrismes. Or l'intégrisme fait les guerres, empêche de dialoguer, d'être curieux de ce que pense l'autre, alors que l'autre détient toujours une part de vérité. Si ce n'était pas le cas, nous ne serions pas bio- et ethno-divers, et nous ne serions donc pas humains. Je suis bien sûr tout à fait opposé au courant intégriste. Je pense que l'écoute et l'ouverture sont les premières valeurs à mettre en œuvre si nous ne voulons pas nous retrouver dans des confrontations brutales, peut-être guerrières, ne serait-ce qu'avec les musulmans, travaillés par les islamistes – qui, soit dit en passant, devraient, eux aussi, redescendre vers plus d'ouverture. Je pense que, fondamentalement, l'ouverture appelle l'ouverture, et que la fermeture appelle la fermeture. J'adhère à ce que me dit l'homme de l'Évangile, à ses récits, dont je reçois la substantifique moelle, dans l'ouverture à l'autre.

Et cette coexistence de deux discours ne vous gêne pas en tant que scientifique ?

Mais pas du tout ! En tant que scientifique, mes collègues m'ont toujours dit que j'avais un défaut, c'est d'être pinailleur. Comme directeur de thèses, par exemple, je suis terriblement pointilleux, avec une image que le grand public ne connaît pas. Si tout n'est pas précisé, détaillé, référencé, je renvoie le malheureux thésard au charbon ! Je crois que je suis un vrai scientifique. J'insiste sur ce point parce que nous vivons à une époque de grande confusion, où des tas de gens s'imaginent qu'on ne peut pas être scientifique et croyant à la fois. Alors que ce sont des domaines distincts. La science doit nous permettre de mieux comprendre comment la nature fonctionne, comment ça marche, quelles sont, pour ce qui concerne l'écologie, les interrelations entre l'ensemble des êtres vivants, indépendamment de toute croyance. Ma foi, elle, répond aux questions ultimes, aux causes premières et aux fins dernières, sur lesquelles la science n'a pas de discours à tenir – elle n'en tient d'ailleurs pas. Je crois que si, de nos jours, neuf personnes sur dix sont paumées, c'est parce que cette réflexion n'a pas pénétré les opinions. Beaucoup de gens n'y comprennent plus rien. Ils ne savent plus s'il faut croire ce que disent les scientifiques ou ce que disent les curés. Les curés n'ont pas suffisamment fait la révolution copernicienne qui consiste à s'exprimer comme je le fais – je parle de la base, de ce qui est enseigné aux enfants, pas des élites de la théologie. Quant aux scientifiques, ils pensent qu'en dehors de l'objet de leur science, il n'existe rien, comme si le matérialisme était dans la nature des choses et que toute autre vision du monde était obscurantiste et dépassée. Personnellement, je me situe entre ces deux pôles. J'appartiens aux deux.

Concernant les créationnistes et les darwiniens, ne trouvez-vous pas que le débat « Dieu contre Darwin », régulièrement relayé par les médias, sent le piège manichéen ? Ou vous êtes matérialiste athée, ou vous appartenez au camp des demeurés, pas d'autre choix !

C'est ce que j'appelle un débat tronqué. D'abord, il y a d'innombrables variétés de créationnistes. Des purs et durs, avec création en six jours et repos le septième. D'autres qui disent que la création a duré plus longtemps, chaque journée représentant un siècle, ou un millénaire… Et ainsi de suite, jusqu'aux adeptes du fameux mouvement du « Dessin intelligent », dont on a beaucoup parlé. En face, les darwiniens nous posent un problème de pure linguistique. Car dans le darwinisme, on met à la fois l'idée d'évolution et les processus par lesquels Darwin explique celle-ci. Deux choses sous un même mot : 1) le fait de l'évolution, auquel il est raisonnable d'adhérer et auquel j'adhère évidemment – même si des questions se posent (il y a toujours des questions qui se posent) ; 2) les mécanismes de l'évolution, ce qui est tout à fait autre chose : comment ça marche ? Quand on dit « darwinisme », on vend à la fois l'évolution et le modèle d'explication. Or, sur les mécanismes de l'évolution, je ne suis pas du tout convaincu que cela se passe « seulement » comme le pensent les darwiniens, par mutations aléatoires triées par sélection naturelle. Je crois que ce n'est qu'une partie de l'explication, une partie essentielle, très pertinente, mais une partie tout de même. Il ne me viendrait pas à l'idée de dire que la « sélection du plus apte » est une idiotie. Mais à côté de ce mécanisme, il y en a certainement d'autres. Par exemple le mimétisme, qui pourrait correspondre à certaines des hypothèses du Britannique Rupert Sheldrake[1], que l'on devrait

1. Rupert Sheldrake, biologiste britannique, spécialiste de la biochimie et de la biologie cellulaire, auteur de sept livres traduits

creuser. En tant que botaniste, je suis par exemple confronté à des phénomènes de mimétisme époustouflants, quand une orchidée se déguise en insecte, prend le parfum de l'insecte, dispose ses poils comme ceux de la femelle de l'insecte, pour attirer l'insecte mâle, qui se trouve irrésistiblement attiré, se pose, s'agite, copule et embarque le pollen pour le déposer sur une autre orchidée qui se trouve ainsi fécondée. Supposer que ce leurre soit apparu par le jeu du hasard même savamment baptisé « coévolution » m'interroge.

Si cela se produisait vraiment par hasard, cette orchidée aurait eu besoin de milliards de fois plus de temps ?

Il aurait surtout fallu que l'idée finale soit là, à l'avance, pour que les variations aillent dans le bon sens ! Il aurait fallu que l'orchidée, avec ses six pétales, ait un « projet » qui se projette dans un temps lointain, pour qu'elle sélectionne les mutations qui lui permettront d'aller là-bas. Mais alors, ce ne serait plus du hasard. Donc, le modèle darwinien sur les orchidées mimétiques ne marche pas. Je le retourne dans tous les sens, il ne marche pas.

Ensuite, il y a ce qu'a dit le vieux Lamarck, que le jeune Darwin a détrôné. Lamarck pensait que si les girafes ont de longs cous, c'est que leurs ancêtres ont beaucoup tiré dessus, pour pouvoir manger des feuillages haut perchés. Darwin a inversé la logique : le long cou, aléatoirement survenu, a donné un avantage

---

en français, dont *Une nouvelle science de la vie*, Le Rocher, 1983, et *Le Septième Sens*, Le Rocher, 2004.

aux girafes qui, par hasard, se trouvaient vivre près de feuillages haut perchés. Sans doute dans ce cas Darwin a-t-il raison. Pour autant doit-on brûler Lamarck ? A-t-il tout faux ? Je n'en suis pas sûr.

Boris Cyrulnik dit que les idées de Lamarck ont plutôt tendance à remonter actuellement…

Il a raison. Il y a chez Lamarck une part de vérité, si bien qu'on pourrait dire que le père du transformisme, c'est lui. Mais on peut remonter plus loin. J'étais récemment au tricentenaire de Buffon : déjà à son époque, donc avant la Révolution française, cet homme avait des intuitions de transformisme. Buffon a écrit des choses presque identiques à Darwin sur les oiseaux, notamment qu'ils pouvaient avoir des ancêtres communs. Ou que les dinosaures étaient des espèces anciennes et disparues. Et bien sûr que la Bible n'expliquait rien de tout cela, pensait-il.

Ce qui n'empêche pas que Darwin était génial.

Certes, et il n'était pas du genre à suivre le catéchisme de stricte observance ! Tout au long de sa vie, il n'a cessé de se poser des questions sur son modèle. Alors que les darwiniens purs et durs ne doutent de rien. Cela ressemble parfois à de l'intégrisme… Les vrais chercheurs scientifiques ne fonctionnent pas ainsi. Tout ce que nous venons de dire relève de la logique du cerveau gauche, qui nous pousse aux limites de nos déductions, ou de nos inductions. Je pense, comme le professeur Lucien Israël, que, pour mener à bien une spéculation, il faut aussi laisser travailler l'hémisphère droit, qui est celui de l'intuition, des affects, de la sensibilité. L'intuition joue un rôle essentiel en science. Je suis frappé et inquiet de voir combien, poussés par la nécessité d'avoir des résultats rapides, de publier vite, beaucoup de scientifiques finissent par avoir une approche mécanique de la biologie moléculaire. Ils font tous à peu près la même chose que leurs collègues, ils sont juste sur une autre enzyme, un autre morceau d'ADN, mais les techniques, les modes de raisonnement et finalement les visions sont les mêmes. C'est la raison pour laquelle, à mon avis, la biologie moléculaire n'avance pas vite. Elle n'a pas fait sa révolution copernicienne !

Que voulez-vous dire ?

En particulier, qu'elle n'a pas pris en compte l'aspect vibratoire des molécules, ce qui est incroyable. Elle est en contradiction complète avec la physique quantique, et du coup en retard. Un retard qu'elle ne comble pas, parce qu'elle a une vision mécaniste. Je le vois bien chez de jeunes chercheurs. Parfois, je me dis qu'il faudrait leur rappeler que, dans son petit appartement de Trinity College, le grand Newton avait des transes ! Les fameuses lois de la science moderne, il ne les a pas élaborées par des raisonnements déductifs, mais par des intuitions extrêmement fortes, qu'il avait quand il se trouvait dans un état second. Les états seconds peuvent être extrêmement productifs pour la créativité humaine. Einstein aussi a raconté que, quand il a eu l'idée de la relativité, ce fut par une sorte de révélation, où il a vu des images colorées s'imposer à lui comme si elles lui étaient données. Pourquoi ? Parce que son intuition était réceptive. La créativité en sciences, ce n'est pas seulement de faire comme tout le monde, pour avoir des crédits et un public. Il s'agit de faire fonctionner, ou plutôt de laisser fonctionner les deux parts de son cerveau.

Reprenons Darwin un instant. À la fin de sa vie, il avait deux soucis. Le premier, c'est d'avoir fait tant de peine à sa femme, en affirmant que Dieu n'existait pas – cela lui faisait de la peine à lui aussi, mais il n'y pouvait rien, c'était ainsi ! Et son deuxième souci, c'est qu'il était devenu sec comme un désert, ne comprenant plus rien à l'art, à la poésie, à la musique, à rien de ce qui est véhiculé par l'hémisphère droit. Il s'était complètement gauchisé dans son cerveau. Et moi, je regrette terriblement que la science actuelle soit devenue comme cela. Nous avons désormais une science mécaniste, qui ne repose plus que sur l'hémisphère gauche. L'hémisphère gauche sait surtout reproduire des systèmes simples, compter, numériser, classer… Or quand ce type de fonctionnement s'empare, par exemple, de l'ADN, cela donne la logique des OGM. Je repère un gène, je l'isole, je vérifie ce qu'il contient comme informations, je le place ailleurs, pour obtenir un certain résultat. Manque de bol, ça ne marche plus. Il a perdu, dans un autre génome, les propriétés qu'il avait dans le génome d'origine. Parce que le nouveau génome a des caractères qui l'annihilent. Ou parce qu'il faudrait mettre trois gènes, et non un seul. Bref, parce que la vie est tout à fait compliquée et que cela ne marche absolument pas ainsi.

L'approche purement mécaniste produit la technologie que nous voyons. Je suis en vive réaction contre ce qu'on appelle aujourd'hui la technoscience, dont je ne suis pas sûr qu'elle va libérer l'homme. Je pense au contraire qu'elle va l'asservir et que nous allons devenir des robots ! J'ai l'air de rire, mais c'est tragiquement ce que je pense.

Votre pessimisme ne vient-il pas du fait que vous êtes aussi un écologiste ?

Certainement. L'écologie est portée par une démarche beaucoup plus intuitive que déductive et mécaniste. Car, la vie n'est pas linéaire. Elle est dialectique, yin yang. Et puis, il y a un grand mystère écologique en biologie, c'est la biodiversité, dont tout le monde sait aujourd'hui qu'elle nous est vitale et que le réchauffement climatique la détruit. Or, paradoxe confondant, on n'enseigne plus les plantes et les animaux dans les universités. Plus on parle de biodiversité, moins il y a de gens capables de reconnaître les plantes et les animaux qu'il faut protéger. Il y a là une incroyable contradiction.

Tous les jours, des jeunes me demandent pourtant par e-mail où ils pourraient apprendre la botanique ou l'entomologie. Ils pourraient aller travailler partout où des espèces sont menacées (par exemple par notre nouvelle ligne de TVG Paris-Strasbourg) et chercher comment faire pour les protéger, en aménageant des niches écologiques conformes à leur mode de vie. Mais non. Rien. Personne. Tout le monde travaille exclusivement sur le gène. Et moi, le « tout-gène » me gêne !

Parce que la biologie n'est pas que cela. C'est plein d'autres choses, que l'on va découvrir.

Quand vous dites que la biologie moléculaire n'a pas fait sa « révolution copernicienne », qui serait d'intégrer la physique quantique, « en amont » d'elle (dans la classification des sciences selon Auguste Comte), faites-vous aussi allusion à la manière que nous avons aujourd'hui de cultiver la terre, suivant la méthode du baron von Liebig, père de l'industrie des engrais, qui croyait qu'il fallait mécaniquement restituer à la terre, au gramme près, les éléments chimiques que les plantes y avaient pompés ? Mais en forçant le trait, on a fini par oublier que la terre avait aussi besoin d'humus et de fumier, qui sont des systèmes beaucoup plus complexes.

Bien sûr. Cette biologie a généré d'énormes industries. Le phénomène Liebig est tout à fait d'actualité avec nos questionnements sur l'agriculture. Mais il faut se souvenir qu'à la fin de sa vie, Liebig était un peu comme Darwin. Il a pensé s'être trompé. La nature a les moyens d'assurer les productions nutritives dont les plantes ont besoin, sans qu'il soit nécessaire d'y rajouter des tonnes d'éléments extérieurs. Il revenait au fumier comme une sorte de précurseur de l'agriculture biologique. On l'ignore totalement : le baron Justus von Liebig s'est rétracté ! Or toute l'énorme industrie agrochimique mondiale est fondée sur ses travaux !

Revenons à notre naïve question de départ : le monde s'est-il créé tout seul ? Depuis quelques décennies ont fleuri toutes sortes de théories de l'auto-organisation, dont certaines ont valu à leurs auteurs le prix Nobel. Je pense notamment à Ilya Prigogine et à ses structures dissipatives, qui montrent comment, dans certaines conditions, le chaos engendre spontanément de l'ordre. On n'est plus ici dans une approche mécaniciste et linéaire. Ces théories ne peuvent-elles pas réussir à expliquer le monde ? Mais d'un autre côté, les théoriciens de la physique quantique n'ont-ils pas abouti à l'idée que le réel était décidément impossible à « coincer » par une approche scientifique, ou même par un système de connaissance quelconque ? Ce serait alors le théorème de Gödel qui dit vrai : tout système contient forcément au moins un élément indémontrable – ce qui conduit à une mise en abyme du mystère, avec une sorte de trou noir au centre de toute tentative de compréhension.

Les deux sont vrais. Il est indéniable qu'il y a de l'auto-organisation à l'œuvre à tous les niveaux. Mais je crois qu'il y a une zone de mystère qui enveloppe le tout. Tout s'auto-organise, et pour autant tout n'est pas entièrement révélé à nos capacités de comprendre. Je suis sensible à la phrase de saint Paul sur le miroir un peu voilé, qui fait qu'on ne voit pas tout. J'ai beaucoup évolué là-dessus. Quand j'étais un jeune scientifique, hyper-mordu par la science, je pensais que celle-ci, à force de progresser, finirait par tout éclairer. Et que tout deviendrait compréhensible à notre cerveau. Aujourd'hui, je ne dirais plus ça. Je ne sais pas s'il faut s'en référer au théorème de Gödel ou à d'autres, mais je pense que la science est par nature enfermée dans des présupposés que lui impose la *finitude* humaine. Et que celle-ci impose, puisque la science est produite par l'homme, une non-finitude de la science. On ne peut pas sortir l'infini du fini. Vous le voyez bien en suivant l'évolution scientifique : quand on croit avoir saisi un truc et qu'on le tient bien en main, tout d'un coup, c'est comme du sable qui vous coule entre les doigts et le mystère rebondit. On se dit : « Oui, mais c'est parce que tu vis très peu de temps sur Terre. Un jour, ça s'éclaircira. » Mais je ne le pense plus. Je pense que l'homme est un être fini, qui devrait donc être beaucoup plus humble. Cela lui ferait le plus grand bien dans ses rapports avec les autres, lui éviterait des guerres et beaucoup de misère.

Mais cela touche aussi le regard que nous portons sur le monde. Dans la mesure où l'homme est fini, il ne peut pas atteindre l'infini. C'est impossible. Jeune, je pensais que même Dieu, un jour, serait démontré par la science ! Qu'il arriverait un jour où, je ne sais trop comment, on finirait par tomber dessus ! sous le microscope ! Je ne me le dis plus, aujourd'hui. J'ai évolué. L'infini, le divin, si l'on est croyant, s'atteint mieux par la mystique que par la science. C'est d'ailleurs la définition même de la mystique dans les dictionnaires : l'union à Dieu. Par la démarche mystique, on peut avoir des intuitions très fortes. Je prends le mot « intuition », parce que si je prenais un mot plus précis et plus fort, cela pourrait prétendre que j'ai atteint le divin (rire). On ne l'atteint pas non plus par la mystique, mais on l'approche de plus près…

Bien sûr, je sais que cette approche sent le soufre dans la société actuelle. Mais mon expérience personnelle me permet de dire ces choses-là, parce que j'en ai traversé quelques-unes. La science peut permettre d'approcher le divin par la contemplation et l'émerveillement de la façon dont le monde est goupillé. C'est vrai que l'ADN est une belle machine, qui fonctionne d'une manière surprenante ! Mais selon moi, ce n'est pas par cette voie qu'on peut aller vers l'infini. La voie mystique me semble plus sûre, si l'on veut toucher à la non-finitude. Disons : si on veut la lécher, comme les vagues lèchent le continent. Il ne faut pas s'imaginer qu'on peut se mettre l'infini dans la poche. On peut juste l'effleurer.

Personnellement, j'ai du mal à comprendre que l'on soit scientifique et athée. Agnostique, oui. C'est même, d'une certaine façon, indispensable. Mais le spectacle de l'univers est tellement fantastique qu'affirmer savoir absolument *qu'il n'a aucun sens me paraît infantile...*

C'est parce que nous ne sommes plus dans un monde de savants, mais dans un monde de techniciens. On a beau évoquer les innombrables associations qui enseignent la nature aux enfants et qui protègent la nature, ce n'est plus le cœur de notre société. Le cœur de notre société, c'est la technique, les engins. Les jeunes vivent de cela. Ils sont totalement instrumentalisés par un pouvoir économique qui en tire le plus grand profit et les rend hermétiques à ce qui n'est pas techno. Enlevez-leur les portables, les MP3, les PlayStation, les casques sur les oreilles..., vous allez voir une dépression effroyable s'abattre sur la jeunesse. Le lien à la nature est beaucoup plus lointain. On ne pourrait plus se passer de la technique. On ne se pose pas la question de savoir si on pourrait se passer de la nature : elle n'est plus là. Évidemment, si elle disparaissait réellement, nous serions morts. Mais nos enfants ne le ressentent pas.

Il se trouve que j'ai été élevé dans une ferme de l'Auvergne profonde, pendant la guerre, totalement immergé dans la nature. Cela m'a donné un sentiment d'équilibre profond. Ce furent, de loin, les années les plus heureuses de mon existence. Quand je gardais les vaches, quand j'allais glaner pour les poules... L'idée qu'il m'en reste tient en deux mots : « équilibre joyeux ». Je ne suis pas étonné que certaines personnes se sortent de la dépression en jardinant. Le lien à la nature est un lien qui construit la psyché humaine. C'est un lien très fort, sans doute parce que notre corps, c'est aussi la nature. Mais nous en avons complètement perdu le sentiment. Beaucoup de mal-être tient à cette perte. C'est quelque chose qu'il faut redécouvrir d'urgence si nous ne voulons pas aller dans le mur. C'est dans ce lien-là qu'on découvre le lien supérieur avec la totalité, en agnostique ou en croyant, peu importe.

Il y a quelques jours, j'ai dit aux jeunes autour de moi qu'il fallait sortir, la nuit venue, pour regarder l'éclipse de lune. Moi, je suis resté scotché pendant un bon bout de temps à la contempler. Mais les jeunes, eux, ont oublié. Ils étaient en boîte et n'y ont repensé que le lendemain matin. Ce qu'on a gagné en technologie, on l'a perdu en équilibre. Même le paysan a complètement perdu cette sensibilité qu'il avait. Mon voisin, qui est paysan et que j'aime bien, si par malheur il voit deux coquelicots dans son champ de trois hectares, c'est l'arrosage immédiat de pesticides pour que le champ soit propre ! Mais la nature n'est pas propre !

Pourtant, les mentalités changent. Les colloques verts se multiplient et sont littéralement bondés de très jeunes gens ! Et surtout, beaucoup passent à la pratique.

Tant mieux. Mais pour la majorité, l'homme est ainsi fait qu'il ne bouge que quand ça va très mal. Seules des grosses catastrophes pourraient le faire évoluer.

Boris Cyrulnik (encore lui !) dit qu'un enfant qui manque du minimum d'affection ne se développe pas. Il peut devenir débile, être atteint de nanisme affectif, ou même mourir. On peut mourir par manque de liens affectifs. C'est comme une loi du vivant.

Mais oui. L'amour, c'est la vie. C'est vrai pour les enfants comme pour les adultes. Mais c'est vrai aussi pour les autres espèces vivantes !

Iriez-vous jusqu'à dire que « l'amour » est ce qui fait avancer le monde ?

On sort ici du discours scientifique, pour entrer dans celui des convictions. Cela dit, même si l'on reste dans le domaine strictement scientifique, prenez le monde atomique ou subatomique. Il y a l'attraction l'une vers l'autre de particules élémentaires, les quarks, qui s'attirent trois par trois et s'associent pour donner des protons, des neutrons, des électrons. Ensuite, ceux-ci s'attirent et s'associent pour donner les atomes. Ensuite les atomes s'attirent et s'associent pour donner des molécules. Ensuite, les molécules se combinent entre elles jusqu'à donner les molécules géantes de la reproduction. On a ensuite les éléments qui s'associent et s'auto-organisent pour donner des cellules. Lesquelles cellules s'auto-organisent pour donner les tissus, lesquels s'auto-organisent pour donner des organes. Les organes donnent l'organisme, et les organismes s'attirent et s'associent pour donner une société. Autrement dit, il y a tout le temps un mouvement d'attirance l'un vers l'autre. C'est incontestable. Si l'on ramène la longue histoire de l'évolution au plus simple, c'est ce qui s'est passé. Il y a une loi de coalescence d'identités, qui vont vers du plus complexe. Là, on retrouve l'idée de Teilhard de Chardin de la montée en complexité-conscience, qui passe par le seuil de la vie et par le seuil de l'esprit. Plus cela devient complexe, plus apparaissent des propriétés émergentes. Ce n'est pas seulement un enseignement de la science globale. C'est un enseignement que, moi, j'ai vérifié dans mon activité professionnelle, en associant des molécules, et en faisant apparaître, à un certain niveau de complexité, des propriétés thérapeutiques émergentes. Vous prenez des molécules seules qui n'ont aucun effet, vous les mettez ensemble, vous les injectez à des animaux, elles produisent un effet thérapeutique. Seules, aux mêmes doses, elles n'en produisaient pas. C'est ainsi que l'évolution s'est déroulée. C'est une chose que j'ai maintes fois vérifiée, de manière pratique. C'est une loi essentielle de la vie et de la constitution des formes nouvelles. La sélection naturelle de Darwin intervient ensuite, éliminant les associations non viables. Mais avant que la sélection ne frappe, il a bien fallu qu'un mécanisme engendre des formes nouvelles ! La mécanique de la construction est antérieure à la mécanique de l'élimination. Il faut un spermatozoïde et un ovule pour donner un bonhomme, un animal ou une plante. Au niveau humain, on appelle ça l'amour. J'y crois, vraiment.

Si on appelle « amour » la force évolutive arrivée au seuil humain, à partir de ce même seuil, il y a aussi ce qu'on appelle « liberté », non ?

Oui, et cela comprend la liberté du non-amour ! Où l'amour est, il y a aussi la liberté de lui dire non. Et si Dieu est amour, il y a la liberté de dire : « Dieu, je m'en fous ! » Le Dieu des chrétiens en tout cas est un Dieu à qui on peut dire ça. Parce qu'il nous veut debout.

L'amour, c'est la grande affaire, la grande question.

6.

Entretien avec Henri Atlan

« L'homme est à la fois imprévu, totalement déterminé et pourtant il peut être libre. C'est pourquoi la joie peut l'habiter... »

Enfin, après Jean-Marie Pelt, l'amoureux nostalgique du monde naturel, voilà, pour clore notre série d'entretiens, un grand explorateur de l'inconnu, qui aurait tendance, sinon à se méfier de Mère Nature, du moins à n'y voir aucun modèle à suivre en toutes circonstances : « Rien de plus naturel qu'une maladie, s'écrie-t-il avec fougue, faudrait-il donc renoncer à la médecine, sous prétexte qu'elle est artificielle ? » Médecin et biologiste, professeur de biophysique à Paris et Jérusalem, devenu philosophe et épistémologue par nécessité de réfléchir sur les sciences auxquelles il a contribué, directeur d'études à l'EHESS, Henri Atlan a été membre du Comité national d'éthique pour les sciences de la vie et de la santé pendant dix-sept ans. Il a publié de nombreux ouvrages qui ont rendu célèbres ses réflexions sur les sciences, la liberté et la morale[1].

Patrice Van Eersel : Vous faites partie des chercheurs qui ont travaillé sur les théories de l'« auto-

---

1. *Entre le cristal et la fumée*, Le Seuil, 1986 ; *À tort et à raison, Tout, non, peut-être*, Le Seuil, 1986 ; *Les Étincelles de hasard*, 2 vol., Le Seuil, 1999-2003 ; *La science est-elle inhumaine ?*, Bayard, 2002 ; *Les Frontières de l'humain*, Le Pommier, 2007.

organisation », c'est-à-dire cette science d'avant-garde qui étudie la capacité du vivant à s'édifier lui-même…

Henri Atlan : Pas uniquement le vivant. Les premiers exemples d'auto-organisation, connus depuis longtemps, sont les formes produites par les cristaux et par les tourbillons de gaz et de liquides ; d'autres exemples, plus récents, concernent l'émergence de capacités cognitives non programmées dans des structures en réseau, individuelles et sociales. Il s'agit ici non seulement d'organisations structurales mais aussi fonctionnelles.

Diriez-vous que cette science peut échapper à la question de l'origine en prouvant que le monde s'est en quelque sorte « créé lui-même » ?

Cette science prouve seulement que c'est possible. Mais il faut bien comprendre qu'à votre question, il n'y a aucune réponse scientifique. L'origine du monde comme totalité est une question métaphysique, de l'ordre du mythe, pas une question scientifique.

Les sciences produisent des modèles plausibles, compatibles avec les observations, qui doivent en outre être interprétés. Par exemple, le Big Bang, habituellement interprété comme un point initial, ou temps zéro, peut aussi être repoussé dans le passé à l'infini d'un monde sans commencement : il suffit pour cela de compter le temps sur une échelle logarithmique, qui n'est pas moins naturelle que l'échelle linéaire habituelle, un peu comme c'est le cas de l'échelle absolue des températures.

En ce cas, que répondez-vous aux astrophysiciens comme Trinh Xuan Thuan, tenants de la théorie dite « anthropique forte », selon laquelle la probabilité que notre monde ait émergé du chaos originel était si infiniment petite – de l'ordre de 10^{-43} (43 zéros après la virgule !) – qu'on est bien obligé d'admettre que nous étions en quelque sorte « prévus » depuis le Big Bang ?

Je pense qu'il s'agit là de la version moderne des théories très naïves de Bernardin de Saint-Pierre, l'auteur de *Paul et Virginie*, au XVIIIe siècle, qui ne s'embarrassait d'aucun scrupule pour pratiquer un anthropocentrisme cuistre, prétendant par exemple que si le melon avait des tranches, c'était pour que les humains puissent plus facilement les découper à table ! Eh bien, pour moi, la « théorie anthropique » relève du même très naïf finalisme anthropocentrique. C'est-à-dire que l'on veut absolument interpréter la réalité comme si tout ce qui existe était le résultat d'un projet, d'une fin posée à l'avance et qui devrait s'accomplir, exactement comme nous fonctionnons nous-mêmes, en nous donnant des projets et en les accomplissant.

Cette manière, selon vous naïve, de voir les choses participe-t-elle de ce qu'Ilya Prigogine et Isabelle Stengers ont appelé le « réenchantement du monde » ?

Écoutez, je pense que l'aspiration à un monde enchanté est aussi vieille que l'humanité et je peux très bien la ressentir moi-même. Mais je ne pense pas que ce soit la fonction de la science que d'enchanter le monde – ni de le désenchanter d'ailleurs. Il se trouve que la science de ces trois derniers siècles a contribué à un certain désenchantement… mais à un désenchantement de quoi ? Des enchantements précédents, pardi, c'est-à-dire de la vision médiévale, nourrie de beaucoup de traditions religieuses qui, ne l'oublions pas, ont résisté avec acharnement au développement de la science. Cette bataille – pour que nous puissions apprendre, chercher et en savoir toujours plus –, cette bataille ne s'arrêtera, je pense, jamais. Il y a d'ailleurs une forme particulière d'enchantement qui consiste à jouir de la connaissance.

Vos premiers livres, L'Organisation biologique et la théorie de l'information *(1972) et* Entre le cristal et la fumée *(1979), s'inscrivaient dans la suite des fameux best-sellers de Jacques Monod,* Le Hasard et la Nécessité, *et de François Jacob,* La Logique du vivant. *Ils restent surtout cités aujourd'hui pour leur opposition farouche à toute idée de téléologie, c'est-à-dire à l'idée que la nature puisse avoir des intentions et une forme quelconque de conscience.*

À la suite de Pittendrigh, puis de Mayr, Monod avait remplacé l'idée de téléologie par celle de téléonomie. La différence est que l'on reconnaît que « tout se passe comme s'il y avait des causes finales » (ou des intentions), même si l'on sait que c'est une illusion. Le modèle métaphorique qui fut alors proposé fut celui du programme d'ordinateur. On a beaucoup utilisé la notion de programme dans les sciences, au XXe siècle, notamment en génétique. Or la nature, en réalité, ne fonctionne pas avec des programmes ; elle est seulement mue, c'est-à-dire poussée, par des causes efficientes, et non pas tirée en avant par des causes finales. Utiliser la métaphore du programme pose énormément de problèmes si on la prend trop au sérieux. Après une quarantaine d'années d'usage abusif, cette métaphore, sur le modèle des programmes classiques d'ordinateurs, est aujourd'hui de plus en plus évacuée de la biologie.

Évacuée au profit de quelle autre métaphore ?

De celle des « systèmes dynamiques complexes », c'est-à-dire des systèmes constitués de beaucoup d'éléments en interaction les uns avec les autres, comme dans une réaction chimique dont la stabilisation finale donnerait l'impression d'obéir à des « causes finales », alors qu'il s'agit en fait d'une causalité purement mécanique. La pertinence biologique de l'étude des systèmes dynamiques complexes, bien connus des physiciens, résulte notamment des découvertes permises par les acquis techniques de la biologie moléculaire. Comme cela arrive souvent dans l'histoire des sciences, un paradigme en a remplacé un autre du fait de l'émergence de nouvelles techniques – en l'occurrence, celles qu'on a développées pour décrypter le génome. Je pense par exemple à ce que l'on appelle la pléiotropie des fragments d'ADN, qui a confirmé des intuitions anciennes : le même fragment d'ADN sert à coder plusieurs protéines ; associé à d'autres fragments, il constitue des gènes délocalisés, dont la seule existence a rendu problématique la définition même du gène. Aujourd'hui, on peut se reposer très sérieusement la question « Qu'est-ce qu'un gène ? ». Plusieurs réponses différentes sont apportées suivant que l'on se place du point de vue de sa structure, de son expression dans une protéine, de la ou des fonctions éventuelles de cette protéine, de l'implication d'un fragment d'ADN dans plusieurs fonctions normales ou pathologiques, de son rôle dans l'évolution des espèces, etc. Il existe en effet de grandes analogies entre des structures d'ADN provenant d'espèces extrêmement différentes, où le même fragment remplit des fonctions différentes suivant le contexte. Cela donne un sérieux coup de massue à l'idée que le fonctionnement et le développement des organismes seraient tout entiers déterminés par l'exécution de « programmes » inscrits exclusivement dans la structure linéaire de l'ADN.

La réussite inespérée du clonage des mammifères a prouvé avec brio que le « programme de développement » n'est pas seulement situé dans le noyau, ni même dans l'ADN, mais que, délocalisé, il se trouve vraisemblablement aussi dans des facteurs protéiques du cytoplasme entier. Tout cela rend la notion de programme plus complexe et oriente la métaphore vers celle d'une distribution dudit programme dans des réseaux parallèles, qui seraient en réalité constitués par l'ensemble des réactions physico-chimiques, parmi lesquelles l'ADN joue évidemment un rôle crucial, mais un rôle ressemblant plutôt à celui d'une mémoire passive…

Est-ce à mettre en rapport avec le fait que, selon vous, la biologie contemporaine a définitivement gommé toute différence de nature entre l'animé et l'inanimé, entre le vivant et le non-vivant, entre le biologique et le physique ?

C'est en effet exactement la même chose. Le principe de systèmes dynamiques évoluant vers des états finaux plus ou moins stables – qui est relativement bien étudié dans des systèmes physico-chimiques non biologiques – peut être transposé sans problème dans notre façon de nous représenter le fonctionnement des organismes vivants.

Vous pensez vraiment, comme vous le dites dans Les Frontières de l'humain, *que la frontière entre vivant et non-vivant disparaît ? Ce serait une révolution ! Si vous avez raison, ces deux dimensions, jusqu'ici considérées comme absolument distinctes, se fondent-elles dans un troisième terme ?*

Non. Je pense que c'est la notion de « matière animée » qui disparaît purement et simplement. Tout ce que l'on croyait être une matière différente parce que « animée » s'avère exactement la même matière que celle qui est dite « inanimée », mais organisée différemment.

Organisée de manière plus complexe ?

En partie, oui. Mais je préfère dire « différemment ». Car la complexité n'est pas un concept explicatif. Et là, les choses ont évolué depuis Monod. Celui-ci disait qu'il n'y avait pas de différence entre un cristal et un organisme vivant, sauf que ce dernier était « plus complexe », comme si cela permettait de comprendre la différence. Aujourd'hui, la complexité a cessé d'être une notion explicative, pour devenir un champ de recherche : il s'agit d'essayer de formaliser un système complexe. C'est d'ailleurs, pour le coup, ce qu'avait prédit von Neumann, l'inventeur de l'ordinateur, qui disait que, tout comme les notions d'énergie et d'entropie avaient résisté des dizaines d'années avant d'être élucidées et de devenir des notions scientifiques opérationnelles, il faudrait probablement des dizaines d'années – et beaucoup d'erreurs – pour transformer la notion de complexité, qui est intuitive et vague, en un outil scientifique rigoureux et clairement défini. Je pense que nous sommes actuellement au milieu de cette entreprise de clarification.

En gros, cela pourrait vouloir dire que, derrière cette fameuse complexité dont on nous parle beaucoup, la recherche actuelle ne ferait en réalité que « botter en touche », pour user cette fois d'une métaphore sportive ! Mais revenons à vos « systèmes dynamiques complexes » : n'est-ce pas une autre façon de dire « cybernétique » ?

Il ne s'agit justement pas de botter en touche, comme vous dites, mais au contraire d'utiliser tous les outils possibles, théoriques et empiriques, pour transformer la notion de complexité en concept opérationnel. Si vous voulez parler de cybernétique, il s'agit de ce que Jean-Pierre Dupuy a appelé la « seconde cybernétique », qui est précisément celle des systèmes auto-organisateurs. Certes, l'auto-organisation est déjà en germe dans la première cybernétique, de Wiener, avec la notion de feedback, mais ce n'est vraiment qu'un germe ! Mais là, excusez-moi, nous parlons de l'Antiquité ! Ce sont des notions dont nous débattions il y a au moins trente ans !

Elles nous passionnent encore ! Mais je voudrais comprendre une chose : d'un côté, certains, comme Monod, présentent la vie biologique comme une émergence « hautement improbable », survenue par accident et qui n'était en rien prévisible ; mais d'un autre côté, les recherches de l'éminent prix Nobel Ilya Prigogine sur les « structures dissipatives » amènent à l'idée que, dans certaines conditions – à savoir : loin des équilibres thermodynamiques –, la matière inorganisée s'organise spontanément. Autrement dit, il pourrait être tout à fait raisonnable de penser que, dans certaines conditions, la vie biologique émerge, automatiquement elle aussi, de la matière physique.

En effet. C'est précisément le postulat des recherches sur l'origine de la vie, comme celles de Manfred Eigen, Aharon Katchalsky et d'autres, qui utilisent des modèles d'auto-organisation de la matière. On pourrait aussi imaginer que l'on découvrira un jour d'autres formes de vie, totalement différentes de celles que nous connaissons, sur d'autres planètes. Il est exact que les modèles d'auto-organisation font apparaître la possibilité d'une émergence de structures organisées pouvant ressembler à des organismes vivants, c'est-à-dire que les contraintes microscopiques de nature physique d'un grand nombre d'éléments en interaction produisent des propriétés globales différentes de la simple addition des propriétés individuelles de chacun des éléments – ce qui est grosso modo la définition de l'auto-organisation. On peut ainsi imaginer que les premières cellules, les tout premiers organismes biologiques, sont apparues de cette façon. Cela dit, il y a là un saut entre des modèles relativement simples et les organismes réels que nous pouvons observer au bout du processus évolutif. Et toutes les théories que l'on peut tenir sur les origines de la vie demeurent spéculatives.

Vous voulez dire que le saut théorique qu'il nous faut effectuer pour passer des premiers niveaux de vie simples, par exemple les bactéries, à notre propre niveau… que ce saut est très hypothétique ?

Oh, mais les bactéries, c'est déjà très complexe ! Ce que je veux dire c'est que les modèles proposés par l'auto-organisation – dont je suis aussi un utilisateur – n'ont pas autant de pouvoir explicatif que certains le supposent. L'intérêt de ces modèles n'est pas de nous dire comment les choses se sont passées à l'origine, mais de nous montrer qu'il est conceptuellement possible que des structures organisées, fonctionnelles, se fabriquent elles-mêmes. Telle est la réponse que ces modèles apportent à votre question « Le monde s'est-il créé tout seul ? ». La réponse à cette question est : oui, c'est possible, le monde a très bien pu « se créer tout seul ». Cela ne signifie pas que nous sachions si les choses se sont réellement passées ainsi, ni – si c'est le cas – comment elles se sont passées dans les détails. Tout ce que nous pouvons dire, c'est que ces modèles nous montrent un possible et que nous n'avons donc pas besoin d'une hypothèse créatrice, d'une intelligence planificatrice qui aurait fabriqué le monde suivant un certain dessein. Cela demeure encore l'argument « par le plan » pour prouver l'existence de Dieu. Cet argument consiste à dire : devant un système organisé de façon aussi extraordinaire que la nature (vivante ou pas), on ne peut imaginer que cela se soit produit « tout seul » ; il a donc bien fallu que la nature soit intelligente et planificatrice, ce qui est une façon de définir un dieu créateur – que sa création se soit effectuée une fois pour toutes ou qu'elle se poursuive de manière permanente.

C'était déjà l'argument de Leibniz contre Descartes et Spinoza, qu'il décrivait comme « des philosophes s'imaginant que l'œil n'avait pas été créé pour voir ». Sauf que, voilà : aujourd'hui, nous pouvons effectivement concevoir que l'œil n'est pas apparu pour voir et que le fait qu'en fin de compte il voie est simplement la conséquence de sa structure, celle-ci étant elle-même le résultat d'un processus auto-organisateur.

Décidément, ces notions d'auto-organisation touchent aujourd'hui toutes les disciplines…

Elles ont reçu un soutien et une impulsion extraordinaires de la part des chercheurs en intelligence artificielle, notamment ceux qui ont étudié les propriétés des réseaux d'automates relativement simples, capables de simuler des réseaux de neurones – ce qu'on appelle des « neurones formels », idées déjà formulées dans les années 40 par McCulloch et Pitts, puis par von Forster, etc., mais qui n'ont pu être mises en application qu'avec le développement des ordinateurs. Ces travaux ont pu être repris à grande échelle et c'est ce qu'on appelle l'intelligence artificielle. Une science aujourd'hui si riche et si touffue qu'il a fallu commencer à classer les différentes sortes d'auto-organisation, ce à quoi je me suis attaché ces dernières années.

Je sais que vous tenez le philosophe Henri Bergson en haute estime, notamment parce qu'il avait « senti » beaucoup de ces choses avant tout le monde. S'il revenait parmi nous aujourd'hui, qu'est-ce qui aurait changé ? Vous pensez qu'il n'utiliserait plus son fameux concept d'« intuition créatrice » ?

En effet. Je crois qu'il ne pourrait plus utiliser comme il le faisait au début du XXe siècle les notions de vie et d'« élan vital ». Comme si la vie était une réalité en soi, s'opposant d'une certaine façon à la matière inanimée et la rendant vivante. C'est surtout cela qui a changé : aujourd'hui, nous pouvons dire que la vie n'existe pas, du moins pas en tant qu'objet de recherche scientifique. De même que l'âme n'existe pas en tant qu'objet de recherche pour la psychologie scientifique.

Si je vous comprends bien, vous refusez en fait toute notion de séparation : selon vous, nous sommes en quelque sorte « fondus » dans le monde...

Oui, complètement. C'est l'une des grandes visions de Spinoza, qui concevait la nature comme un tout, avec évidemment des formes d'organisation différentes, des degrés de complexité différents – il le disait déjà –, mais sans que l'on puisse dire qu'il existe des réalités substantiellement différentes. La non-vie et la vie ne sont pas distinctes dans leur substance intrinsèque, de même que l'humain et le non-humain sont faits de la même substance. Spinoza se moquait de l'idée selon laquelle l'homme serait un être à part, le seul au milieu d'un empire universel à échapper aux lois de la nature, comme « un empire dans un empire ». Je pense que la science actuelle, et particulièrement la biologie, tend à donner raison à Spinoza contre beaucoup de philosophes, dont certains, récents, comme Kant et les post-kantiens.

Il y aurait donc une fondamentale continuité, une homogénéité de tout…

Absolument.

… avec néanmoins, régulièrement, émergence de propriétés nouvelles.

Oui, mais alors attention ! Cette fameuse notion d'« émergence » est à manier avec précaution. Elle a changé de sens au fil du temps. Au XIXe siècle, elle était utilisée dans le cadre des théories vitalistes, tandis qu'aujourd'hui, c'est dans le cadre des théories de l'auto-organisation, et cela n'a rien à voir. L'émergence vitaliste cherchait à caractériser ce que l'on appelait la vie, avec l'idée que celle-ci avait quelque chose de « miraculeusement » spécifique – par exemple dans le fait de se reproduire ou de s'adapter, propriétés que l'on croyait des exclusivités des êtres « animés ». Aujourd'hui, nous disons exactement le contraire : nous connaissons des systèmes physico-chimiques non vivants mais organisés de façon telle que, sous l'effet de contraintes microscopiques parfaitement définies, on peut y observer l'émergence de propriétés globales nouvelles, parfois surprenantes et même imprédictibles, différentes de la simple addition de ces contraintes. Et cette émergence-là n'est pas le résultat d'un mystérieux « phénomène vital », mais tout simplement la conséquence d'un ensemble de causes, assez nombreuses pour que le résultat final soit qualitativement différent de leur simple addition. Autrement dit, quand nous parlons désormais d'émergence dans les modèles d'auto-organisation, nous sommes, si j'ose dire, encore plus mécaniques et antivitalistes que les théories réductionnistes classiques.

En somme, vous rejoignez tout bonnement le physicien Laplace, qui pensait que si l'on connaissait toutes les données de l'univers en positions et en vitesses, on pourrait tout prévoir rationnellement – ce qui lui avait fait répondre à Napoléon, qui le questionnait sur Dieu : « Sire, nous n'avons pas besoin de cette hypothèse » !

Vous savez, on a beaucoup caricaturé Laplace, oubliant généralement que la fameuse hypothèse de son « démon », doué d'un savoir universel, était exposée en introduction d'un traité sur le calcul des probabilités. Il disait bien que, pour avoir une compréhension rationnelle des phénomènes de la nature, il fallait commencer par tenir compte du fait que cette hypothèse-là – l'omniscience – était justement irréalisable. D'où la permanente nécessité de faire appel à des méthodes probabilistes…

Et que faites-vous de l'idée d'incomplétude, selon laquelle la réalité est finalement, dans son essence même, à jamais inconnaissable à 100 % ? On retrouve cette idée en mécanique quantique, mais aussi en analyse logique avec le théorème de Gödel, en linguistique avec Wittgenstein, en psychanalyse avec Lacan : aucun système de pensée ne peut « épuiser le réel ». Ainsi les mots ont la capacité de décrire tout ce qui existe, sans jamais parvenir à s'en emparer !

Oui, mais l'incomplétude, tout comme le hasard, peut être interprétée soit comme une propriété de la réalité en soi, soit comme une propriété de nos connaissances et du pouvoir que nous avons sur la réalité. « La réalité dans son essence même », comme vous dites, personne ne peut rien en dire, ni qu'elle est connaissable, ni qu'elle est inconnaissable à 1 ou 100 %. Et les mots n'ont probablement pas la capacité de décrire tout ce qui existe. Pour ma part, j'aurais tendance à considérer l'incomplétude dont vous parlez comme une limitation de la connaissance humaine, qui nous oblige à recourir à des calculs de probabilités, mais qui ne prouve pas l'inexistence d'un déterminisme absolu. Je pense en effet, comme Laplace, qu'il y a un déterminisme absolu et que, si nous connaissions toutes les données en jeu, nous pourrions connaître ce déterminisme. Évidemment, cela ne sera jamais le cas, parce que nous sommes des êtres finis. L'incomplétude concerne donc notre science, elle est le résultat de notre incapacité à avoir une connaissance totale de l'univers, infinie comme l'univers lui-même. Mais dans la mesure où nous avons conscience de ces limites, eh bien, nous sommes amenés à ruser et, pour contourner nos limites, à user par exemple du calcul des probabilités. Et comme ce dernier n'est pas inefficace, nous pouvons dire que, dans une certaine mesure, nous parvenons même à « domestiquer le hasard », comme disait Nietzsche. Dans une certaine mesure seulement, bien sûr, définie par le domaine de légitimité rationnelle des applications du calcul des probabilités.

Autrement dit, vous donneriez raison aux scientifiques de la fin du XIXe siècle qui, tel Marcellin Berthelot, n'hésitaient pas à dire : « Bientôt nous saurons tout » ? Je croyais que leur mégalomanie scientiste avait été définitivement renversée par les génies venus ensuite qui, à la manière d'Einstein, ont dit, eux : « Plus la science avance, plus l'inconnu augmente » !

Non, je ne sais pas si Berthelot parlait vraiment de « tout savoir ». Je ne sais pas pour ma part ce que signifie « savoir tout ». Il me semble qu'il faisait allusion à la science physique dont il pensait, à tort évidemment, qu'elle était terminée et qu'aucune découverte fondamentale ne devait être attendue. Les certitudes des scientifiques dont vous parlez ne concernaient, par exemple, pas du tout les sciences du vivant, qui semblaient à l'époque beaucoup trop complexes et échappant pour l'essentiel à la physique et à la chimie. Elles apportaient de l'eau au moulin des vitalistes et de leurs mystères. Tout cela a totalement changé…

Désormais, ce sont les physiciens qui sont humbles et les biologistes orgueilleux ?

Tous les physiciens ne sont pas humbles et tous les biologistes ne sont pas orgueilleux. La physique et la chimie se sont développées aux XVIIe, XVIIIe et XIXe siècles, des époques où la biologie faisait figure de mission impossible, aux prises avec une réalité censée échapper aux lois de la réalité « ordinaire ». La mécanisation de la biologie ne s'est effectuée qu'au XXe siècle, avec donc deux à trois siècles de retard sur la physique et la chimie… qui, elles, entre-temps, vous avez raison de le souligner, avaient changé de nature sous l'effet des grandes révolutions qu'ont été la mécanique quantique et la théorie de la relativité. Mais ces nouvelles révolutions de la physique n'empêchent pas un nombre de plus en plus grand de physiciens de se convertir en biologistes, dès lors que la biologie a rejoint le lot des sciences mécaniques physico-chimiques et qu'ils peuvent lui apporter l'aide des outils mathématiques et informatiques qu'ils ont développés dans l'analyse des systèmes dynamiques.

D'une certaine façon, on peut tout de même dire qu'au moment où la biologie s'est, comme vous dites, « mécanisée », la physique et la chimie de leur côté sont devenues moins mécaniques !

Je ne suis pas d'accord. La physique et la chimie restent totalement mécaniques, seulement la nature des explications mécaniques qu'elles utilisent s'est complexifiée, s'éloignant beaucoup du sens commun. La microphysique et l'astrophysique que nous a léguées le XXe siècle semblent ne pas obéir aux lois des objets « normaux » qui nous entourent, du moins dans l'image que nous nous en faisons. Mais la mécanique quantique reste, comme son nom l'indique, une mécanique et la théorie de la relativité a renouvelé l'ancienne mécanique céleste.

Mais prenez les fameux paradoxes de la mécanique quantique, par exemple celui qui interdit à un observateur de connaître à la fois la vitesse et la position d'une particule, ou bien celui qui nous oblige à regarder l'énergie soit sous son aspect ondulatoire, soit sous son aspect particulaire, mais jamais sous les deux aspects à la fois : ces paradoxes ne renvoient-ils pas, comme dit le physicien Bernard d'Espagnat, à un « réel voilé », c'est-à-dire à un inconnaissable ?

Ce n'est pas mon avis. Il ne s'agit de paradoxes que pour les images du sens commun, produites par nos organes des sens. Or ceux-ci ne sont pas adaptés à l'infiniment petit ni à l'infiniment grand. Il ne s'agit plus de paradoxes pour les praticiens de la physique qui se sont habitués à concevoir et se représenter ces objets physiques dans leurs abstractions mathématiques. Tous ces phénomènes, qui ont l'air d'être paradoxaux et d'échapper en quelque sorte à la rationalité, sont au contraire étonnamment rationnels. Ils obéissent à des lois qui sont à la fois mécaniques et rationnelles, même si nos organes des sens sont inadaptés pour nous en donner des images !

Tout de même, vous y allez fort : les plus grands noms de la physique du XXe siècle, d'Einstein à Bohm, en passant par Bohr ou Schrödinger, ont conclu de leurs travaux – pourtant géniaux – que ceux-ci les conduisaient à une « incomplétude ontologique », autrement dit à une frontière en quelque sorte absolue, au-delà de laquelle le réel devenait insaisissable. Avec cette constatation réellement paradoxale que « plus la connaissance augmente, plus l'inconnu augmente aussi » !

Non, là je pense que vous vous trompez dans votre façon de poser le problème en termes de quantité de connaissance ou de quantité d'inconnu. Je ne crois pas que l'on puisse dire que plus l'on connaît, plus l'inconnu augmente. Je pense beaucoup plus simplement et comme une lapalissade que plus on connaît, plus le connu augmente. Mais l'inconnu change de nature, car il est apprécié par rapport au connu. Supposons même que cette incomplétude de la théorie soit définitive et que nous n'arrivions jamais à posséder une théorie « complète », cela ne signifierait pas qu'il s'agit d'une incomplétude ontologique ! À moins de considérer la finitude humaine comme une finitude ontologique. Or, quand on parle de déterminisme absolu, il ne s'agit pas justement de la finitude humaine, mais de celle de la nature en tant qu'infinie et éternelle. C'est un déterminisme qui se situe en dehors du temps et de la finitude humaine.

Vous pensez donc sérieusement que l'on pourrait un jour « tout connaître » ?

Je n'ai jamais dit ça. Que veut dire « tout » ? Je vous renvoie à mon essai sur *Tout, non, peut-être...*, ce que Wittgenstein appelait des pseudo-concepts. Les limitations de ce que nous pouvons connaître sont nombreuses, bien que nous ne puissions pas les définir *a priori*. Nous devons, en bonne méthode, postuler l'intelligibilité du réel. Mais nous ne serons jamais infinis. En outre, la connaissance scientifique est un mode du connaître qui obéit à certaines règles qui circonscrivent son domaine de légitimité. Ces règles ne sont pas applicables dans tous les domaines. Autrement dit, certains domaines échapperont peut-être toujours à la méthode scientifique. Cela ne veut pas dire que « l'inconnu augmente » !

Quels domaines pourraient ainsi échapper à la science ?

Par exemple le subjectif, l'unique, le non-reproductible.

Ce qu'on pourrait appeler la « vie intérieure » ?

Si vous voulez, bien que les passions puissent être rationalisées, c'est-à-dire expliquées de manière rationnelle. On peut même imaginer des robots passionnés. Des robots auto-organisés, susceptibles de nourrir des passions ! Il n'en reste pas moins que tous ces modèles ne fonctionnent pour le moment que de façon générique, c'est-à-dire dans la perspective générale de leurs conditions de possibilité. Mais comme disait Castoriadis, on ne voit pas pour le moment comment expliquer rationnellement la différence des sentiments que fait naître la *Cinquième Symphonie* de Beethoven chez des personnes différentes, ou chez une même personne les effets de cette symphonie entendue une fois par rapport à une autre fois ou à un concerto de Mozart. Il est tout à fait possible que cette différence-là ne puisse jamais être modélisée et échappe toujours à l'approche scientifique.

Pour moi, cela tient au fait que ces sentiments participent fondamentalement du processus de création.

Peut-être, mais qu'entend-on par création ?

La création au sens où l'entendent les Chinois, pour qui il s'agit avant tout d'un processus intérieur, subjectif.

La question est de savoir si ce processus peut être décrit en paroles et devenir en quelque sorte objectif, ou s'il est indicible, accessible seulement à des formes d'expression non verbales, artistiques notamment, ou qui utilisent le langage du mythe. Cela dépend probablement des cas. J'y vois aussi posée la question d'un certain nombre d'expériences que nous faisons de la réalité, qui sont des expériences uniques et donc, par définition, non reproductibles, auxquelles la méthode scientifique n'est pas adaptée.

C'est précisément ce que j'appelais processus de création. Je pense qu'une création est, par définition, un phénomène unique.

Peut-être, mais tout phénomène unique n'est pas une création. On peut aussi imaginer des modèles rationnels de créativité – qui demeurent certes, pour l'instant, très génériques, très théoriques – où des systèmes auto-organisateurs pourraient se créer eux-mêmes et donc également créer autre chose qu'eux-mêmes... Mais, encore une fois, il se peut que l'on atteigne là, devant l'infinie variabilité de ce qui existe, les limites de la méthode scientifique.

Parmi les systèmes auto-organisateurs dont on a beaucoup parlé il y a dix ans, figurait ce que les Américains appellent artificial life, *où des êtres virtuels sont livrés à une évolution (par exemple darwinienne) accélérée...*

Il s'agit en fait d'un nom nouveau – accompagné d'une opération de promotion – pour des travaux, dont certains déjà anciens, de simulations sur ordinateur de plus en plus sophistiquées des propriétés auto-organisatrices des organismes, telles qu'adaptations créatives, reproduction avec mutations aléatoires ou canalisées, sélection naturelle, etc.

Ces travaux ont parfois des applications techniques intéressantes en robotique et en informatique. Par exemple, la simulation des processus darwiniens de mutation/sélection a produit les algorithmes dits « génétiques », qui sont devenus une méthode de calcul couramment utilisée en informatique, dans des domaines qui ont largement débordé le cadre de la biologie.

Mais l'une des questions théoriques que posaient les promoteurs de la « vie artificielle » ressemble à celle qui se posait à l'intelligence artificielle à ses débuts : une machine peut-elle comprendre ce qu'elle fait ? Cette question a suscité de vives controverses – souvent artificiellement montées par les médias, ce que l'on a parfois fini par oublier. Cela me semble en réalité une fausse question. Parce qu'il existe une vraie vie artificielle : c'est celle où la technique intervient sur les espèces, pour les modifier, notamment par transgenèse. Une souris transgénique, voilà de la vie artificielle ! De même, la « biologie de synthèse » essaie actuellement, avec l'aide des modèles de réseaux génétiques et métaboliques, de créer de nouveaux organismes. Voilà qui nous fait entrer dans l'ère des artefacts biologiques, alors que nous n'étions habitués depuis des siècles qu'aux artefacts physiques et chimiques.

Nos ancêtres du Néolithique, il y a dix mille ans, ne pratiquaient-ils pas déjà l'art des artefacts génétiques, en créant les premiers troupeaux et les premières sélections d'espèces ?

En effet, mais ces techniques empiriques de croisements et de sélection artificielle demandaient de grands nombres de générations et ne pouvaient être appliquées en général qu'à l'intérieur d'une même espèce pour produire des variants ; alors qu'aujourd'hui, le processus central de l'artefact – la combinaison des gènes – est directement décidé et contrôlé par des humains, dans des laboratoires. Les êtres qui naissent de ces manipulations n'auraient jamais pu exister dans la nature, de la même façon qu'une machine à vapeur, ou un ordinateur, ou une matière plastique obtenue à la sortie d'une raffinerie de pétrole n'auraient jamais pu spontanément émerger dans la nature. Il s'agit là d'artefacts physiques et chimiques, qui ne pourraient en aucun cas exister sans l'art des créations humaines. Eh bien, désormais, il existe pareillement des artefacts vivants, grâce aux connaissances que nous avons des mécanismes moléculaires à l'origine des propriétés du vivant. Voilà donc la vraie vie artificielle.

Pour vous, l'idée qu'il faudrait écouter et respecter « notre mère nature » est définitivement passéiste ?

Notons que tous ces artefacts, physiques, chimiques, biologiques, ne peuvent être produits qu'en application des lois de la nature. En ce sens, ils sont aussi « naturels ». L'avion ne peut être fabriqué qu'en connaissant et en utilisant les lois de la pesanteur. Nous respectons forcément « notre mère nature », que nous le voulions ou non, en faisant des artefacts. Comme l'écrivait Gilbert Simondon en 1958, très en avance sur son temps, en conclusion de son livre *Du mode d'existence des objets techniques*[1] (qu'il serait bon de relire et de méditer) : « L'artificiel est du naturel suscité, non du faux ou de l'humain pris pour du naturel. »

Et l'idée qu'il faudrait respecter un certain « principe de précaution » avant de se lancer dans l'application d'artefacts dont on ignore tout des effets ?

1. Aubier, 1958, réédité en 2001.

Il faut en effet être prudent et tenter d'évaluer autant que possible les conséquences bonnes et mauvaises de telle ou telle innovation technique et sociétale. C'était déjà le cas avec le feu, la roue et la domestication des chevaux ! Mais ce fameux principe de précaution est une tarte à la crème rhétorique, qui sert à ouvrir des parapluies pour justifier telle ou telle décision politique. Il faut évidemment se conduire avec précaution. La « prudence » aristotélicienne est toujours de mise quand on doit œuvrer dans des circonstances incertaines, quand on ignore les conséquences qu'auront nos actes. Mais il n'existe, par définition, aucun « principe » qui vous dise comment faire pour être prudent dans la manipulation d'un artefact inédit !

Concrètement, vous aboutissez à quoi ?

Eh bien, au fait que si l'on applique avec sérieux le « principe de précaution », celui-ci se détruit lui-même. En effet, si vous soupçonnez que, derrière votre manipulation, pourrait se profiler un risque inconnu, de deux choses l'une : ou vous prenez le risque quand même et le principe ne vous a servi à rien, ou vous vous abstenez, mettant alors en application le fameux précepte « Dans le doute, abstiens-toi » ; mais alors, rien ne vous dit que le fait de vous abstenir ne comporte pas lui-même un risque, peut-être encore plus grand ! Pour appliquer le principe de précaution, il ne faut pas appliquer le principe de précaution ! Encore une fois, l'invocation incantatoire de ce soi-disant principe est une sorte de parapluie qu'un certain nombre de décideurs voudraient absolument utiliser, pour se protéger.

Mais prenez les déchets nucléaires…

Il ne faut pas confondre ce faux principe de précaution avec une obligation d'évaluation, indispensable pour toute gestion de risques. On sait parfaitement quels dangers ces déchets représentent. Il s'agit alors de gérer des risques, que l'on peut évaluer et comparer aux avantages procurés, par exemple par l'électricité nucléaire – avec parfois, c'est vrai, des décisions difficiles…

Mais ces décisions, parfois lourdes de conséquences, sont-elles aussi rationnelles que vous le dites ? On a souvent l'impression que les grands choix se font sous la pression de l'urgence et de nécessités vitales à court terme. N'est-ce pas d'ailleurs la seule force, en fin de compte, qui fasse évoluer l'humanité ? Il y a les intentions, les rêves, les proclamations, qui peuvent s'enliser dans la passivité la plus complète, et puis tout à coup une énorme pression fait irruption et les choses bougent. On se dit par exemple écologiste, mais il faut qu'une maladie de la vache folle apparaisse pour que, brusquement, les comportements changent – on devient végétarien ou bien on accepte que la viande soit une denrée rare et chère.

Je ne dis pas du tout que les décisions sont prises de façon rationnelle. Je dis seulement que le principe de précaution relève d'une fausse rationalité, qui se veut faussement rassurante. Vous donnez vous-même la réponse à la question que vous posez. L'impossibilité de décider sans risque n'est que la conséquence de l'impuissance humaine relative devant l'inconnu, dont l'avenir est toujours porteur. Et au fond, cette idée qu'en appliquant quelques principes rationnels nous serions à l'abri de tous les dangers est elle-même un fantasme de maîtrise totale et de toute-puissance de la Raison. Un fantasme qui fait croire que les progrès des technosciences nous donneront une maîtrise absolue sur nous-mêmes et sur les choses de la nature. Mais vous avez un contre-exemple à ce que vous dites, avec la cigarette : voilà des décennies que nous savons le mal que fumer provoque et pourtant, on continue ! Votre question revient en fait à se demander par quoi les sociétés humaines sont animées. D'un côté nous avons affaire à des systèmes mécaniques, où les processus se déroulent de manière impersonnelle ; mais de l'autre, ce qui se passe dans la tête d'un certain nombre d'individus, ou dans leurs œuvres, leurs discours, transmis à d'autres de façon au moins partiellement consciente, peut jouer un rôle déterminant. Autrement dit, comparées aux sociétés animales, les sociétés humaines ont des propriétés spécifiques qui les font évoluer d'une manière nouvelle et beaucoup moins prédictible – plus créative pourrait-on dire –, où des facteurs originaux, liés aux phénomènes de conscience personnelle et de linguistique, donnent l'illusion d'un libre arbitre et d'une maîtrise possible de nos choix.

Vous pensez que le libre arbitre est une illusion… Il faudra y revenir, mais d'abord, une question pratique : discutiez-vous de ce genre de questions au Comité national d'éthique ?

Nous avions consacré pas mal de temps à réfléchir à la notion de personne humaine. Mais le plus souvent, il s'agissait surtout de questions plus concrètes et plus techniques. Par exemple, celles du clonage. Ou celles que soulève le fameux arrêt Perruche[1]… Mais ce sont là des questions plus d'ordre juridique que proprement éthique. La question de l'euthanasie n'a pas fini d'être discutée.

Votre propre opinion sur le sujet ?

Ces questions doivent être analysées en faisant les distinctions nécessaires entre des situations différentes qui sont souvent confondues dans un mot passe-partout. Il existe plusieurs situations très différentes qu'englobe le mot « euthanasie ». On peut admettre que chacun gouverne son destin comme il l'entend – y compris avec la liberté de se supprimer. Mais à partir du moment où la médecine intervient, il faut bien sûr légiférer avec raison et prudence. Il n'est pas évident que donner la mort doive faire partie de la vocation médicale.

Attitude différente, j'imagine, du côté de la procréation médicalement assistée ? Et vous avez publiquement pris parti en faveur des cultures de tissus humains…

1. Le 17 novembre 2000, la Cour de cassation s'est prononcée sur l'existence d'un préjudice subi par un enfant atteint de rubéole congénitale, dont le diagnostic prénatal n'avait pas été posé, du fait d'une négligence du laboratoire d'analyses biologiques.

Personne à ma connaissance n'est opposé aux cultures de tissus humains, effectuées dans les laboratoires depuis des décennies sans poser de problème moral, et qui rendent des services manifestes à la recherche biologique et médicale. Il faut là aussi faire les distinctions nécessaires : tant que ces cultures ne conduisent pas à la fabrication d'embryons pouvant produire des enfants, il ne s'agit que de cellules, comme celles de notre peau, de nos cheveux, de notre sang ou d'autres de nos organes, c'est-à-dire d'objets que l'on n'a aucune raison de fétichiser sous prétexte qu'on les maintient en vie de façon artificielle au laboratoire.

Oui, mais on sait que grande est la tentation de pousser les recherches jusqu'à la fabrication de bébés « 100 % éprouvette ». Il y a une vingtaine d'années, j'avais rencontré, en Italie, des physiologistes qui fabriquaient un utérus artificiel, dans lequel ils tentaient de faire survivre des fœtus humains ! Ces recherches ont finalement été interdites, mais elles étaient menées par la direction même de l'Institut de physiologie humaine de l'université de Chieti, près de Rome ! Pensez-vous qu'il s'agisse là de sortes de « maladies infantiles » de la biologie moderne ?

Pas du tout. C'est dans le prolongement normal des techniques de procréation médicalement assistée, qui ont commencé avec la pilule et le planning familial il y a plus de cinquante ans. Notons que cette évolution a joué un rôle déterminant dans les bouleversements de la condition humaine qui accompagnent ce que l'on appelle la libération de la condition féminine. Il existe d'ores et déjà quelques recherches en vue de fabriquer des utérus artificiels permettant à des mammifères d'éviter la grossesse. Personnellement, je pense qu'un jour, cela se fera. Peut-être pas demain, mais disons dans un avenir que je situerais entre cinquante et cent ans. Or, si l'on y parvient, j'imagine mal que beaucoup de femmes ne revendiqueront pas le droit de bénéficier de ces machines, qui seraient en fait des couveuses perfectionnées [1].

Une grossesse totalement extra-corporelle !?

Mais oui, pour échapper à ce que certaines femmes considèrent comme des contraintes de la grossesse ! Je pense évidemment que d'autres voudront toujours passer par l'expérience de la grossesse, puisque beaucoup nous disent que c'est une expérience irremplaçable, très enrichissante. Mais toutes n'ont pas l'air de tellement apprécier, et je vois mal comment nous pourrions empêcher une évolution dans ce sens. Cela me semble devoir être un jour un nouveau défi.

Comme si l'espèce humaine, qui a déjà fait des choses extraordinaires, décidait de prendre un embranchement nouveau dans son mode de reproduction…

Ce ne serait pas la première fois. Les techniques actuelles ont créé des possibilités de dissociation entre

---

1. Henri Atlan évoque ces recherches dans *L'Utérus artificiel*, Le Seuil, 2005.

procréation et sexualité qui n'ont jamais existé dans toute l'histoire de l'humanité. Il ne faut pas avoir un jugement totalement naturaliste pour décider de ce qu'il est bon de faire. La nature est souvent mauvaise et, comme on l'a vu, on ne peut faire artificiellement que ce que la nature permet que l'on fasse.

On ne peut non plus opter pour un jugement totalement artificialiste, en disant que tout ce qui est techniquement fantasmé sera réalisé.

En effet ! Je suis contre cette attitude qu'on entend souvent exprimée et qui dit : tout ce qui est techniquement envisageable va se faire. Pas du tout ! Ce n'est pas parce qu'il est techniquement faisable, au prix d'un tas d'acrobaties, de faire porter un enfant par une femme ménopausée, que ça doit se faire et que ça va se faire. Ça se fait actuellement dans certains pays, dans des conditions limites, du point de vue légal (en France c'est totalement interdit). Certains disent aussi : « Le clonage reproductif d'êtres humains va se faire nécessairement. » Non ! Il y a des choses techniquement possibles, qui ne se font pas parce qu'elles sont interdites. Elles peuvent certes se faire de façon criminelle. Mais c'est très différent.

À l'inverse, même si c'est ahurissant, comme l'utérus artificiel, cela ne signifie pas forcément au départ que c'est mauvais pour l'unique raison que c'est totalement non naturel et qu'il faut respecter la nature. Pas du tout ! Ce critère n'a aucune valeur ; parce que dans ces conditions, il faudrait s'abstenir de faire de la médecine – rien de plus naturel qu'une maladie ! Si l'on pense que la morale consiste à suivre la nature, il faut abandonner la voiture, l'électricité, toute civilisation. Peu de gens, en réalité, pensent ainsi, même parmi les défenseurs les plus fanatiques de la « nature ». Autrement dit, les critères sur ce qui doit être fait ou pas, du point de vue moral, ne sont pas à tirer de l'observation de ce que la nature fait spontanément. Le fait qu'on modifie de fond en comble ce que fait la nature – ou pas – n'est pas un critère de bien ou de mal. Il n'y a rien de plus naturel que d'être criminel.

Vous avez écrit sur le clonage thérapeutique, en disant à peu près : « Ne mélangeons pas tout, appelons les choses précisément : ne parlons pas de clonage quand il s'agit de cultures de tissus à partir de cellules germinales dont on a remplacé les noyaux... Ces cellules, produites sans fécondation, n'ont en effet aucune chance de jamais devenir des embryons si personne ne les implante dans un utérus. C'est un autre projet et c'est une autre technique. »

Bien sûr ! On connaît les désaccords sur le moment à partir duquel un embryon doit être considéré comme une personne humaine – question à laquelle la biologie ne peut pas apporter de réponse puisque la notion de personne n'est pas une notion biologique. Mais ce que je dis là concerne une autre question, plus en amont. Même si l'on adopte la position considérée comme la plus extrême, celle de l'Église catholique pour qui le statut de personne humaine doit être accordé à l'œuf fécondé, il n'y a pas de raison de proscrire le clonage non reproductif (dit aussi thérapeutique) puisqu'on utilise des cellules fabriquées sans fécondation et qu'il n'est pas question de les transformer en embryons – si tant est que ce soit possible – en les implantant dans un utérus.

C'est comme si ces cellules se développaient par parthénogenèse.

On a affaire ici à une cellule qui se développe, alors que c'est un artefact de laboratoire, pour le coup, une cellule qui n'a jamais été fabriquée par la nature de cette façon-là. Et ceux qui voient la personne humaine commencer avec la fécondation devraient donc être rassurés : il y a là instrumentalisation, certes, mais de pseudo-embryons créés artificiellement. En outre, le développement étant limité à la production de cellules en laboratoire sans implantation utérine, il n'y a aucune chance que ces pseudo-embryons deviennent des embryons.

Oui, mais alors si je rapproche cela de l'idée que dans cent ans il y aura peut-être des utérus artificiels, si je prends une cellule énucléée puis renucléée et que je la place dans un tel utérus, je peux imaginer qu'il y aura un humain au bout.

Eh oui ! On peut concevoir en effet, d'une façon relevant pour le moment de la science-fiction, mais qui pourrait se réaliser dans un avenir lointain, que les êtres humains se reproduisent eux-mêmes, ou des animaux, ou des plantes, par des techniques qui seront complètement différentes de celles que nous connaissons et qui seront effectuées pour une large part en dehors du corps des individus. La question qui se pose alors à ce sujet c'est de savoir si nous voulons cela. Si oui, pourquoi ? Si non, pourquoi ? C'est là que se situe le débat éventuel, et pas dans une espèce de réaction *a priori*, qui consiste à dire : « Ah non, c'est vraiment trop loin de la nature, c'est de l'anti-humanisme, ce n'est plus l'humanité, c'est de la post-humanité ! » Cela ne sera jamais la post-humanité. Ce sera toujours l'humanité.

Pour quelles raisons pourrait-on défendre cela ? Est-ce parce qu'on s'apercevrait qu'un embryon, puis un fœtus généré de cette façon n'aurait pas de névrose ?

Non, certainement pas. Pourquoi n'auraient-ils pas de névrose ? On peut imaginer beaucoup de choses ! On pourrait souhaiter une telle humanité, une humanité angélique, où le corps ne serait qu'une occasion de jouissance pour l'esprit et où toutes les choses pénibles seraient éliminées. Regardez : la gestation dans la douleur, ainsi que le travail pénible qui a constitué notre vie quotidienne pendant si longtemps, sont présentés dans la Bible comme le résultat d'une malédiction. On peut donc imaginer une vie édénique, telle qu'on la présente dans le mythe biblique, où cette double malédiction serait levée. Ce serait même la vocation divine des descendants d'Adam et Ève de réparer ce qu'ils ont cassé. Les techno-sciences, tellement décriées ces dernières années à cause de leurs dangers potentiels, seraient peut-être un moyen d'aller dans cette direction : travail réduit et de moins en moins pénible, gestation de moins en moins douloureuse, en sont déjà des retombées non négligeables.

Mais cela impliquerait que les relations entre les individus et entre les générations changent de nature, en même temps qu'augmentent les possibilités techniques ; que les changements dans le rapport au corps, dans le rapport à la technique elle-même, s'accompagnent d'un changement dans les rapports moraux interindividuels.

Mais ne pensez-vous pas que l'on pourrait aussi tomber sur un obstacle, et s'apercevoir que nous n'avons pas ce pouvoir-là ?

Oui, en effet, c'est pourquoi je me situe ici dans l'ordre du mythe et de la science-fiction.

D'une certaine façon, tout cela supposerait que le conscient prenne l'immense place de l'inconscient, dans un processus hypercomplexe ! N'avons-nous pas intérêt à continuer à faire confiance à notre inconscient ? D'ailleurs, est-ce seulement pensable ?

Non, cela n'implique pas du tout que soit diminuée la place de l'inconscient. À condition de ne pas tomber dans l'illusion d'une connaissance achevée, je pense tout de même qu'il vaut mieux être le plus conscient possible du plus grand nombre de choses possible. Je sais bien que « la santé c'est le silence des organes », mais ce n'est pas une raison pour ne pas tenter de prendre conscience de ce silence ! Cela ne diminue en rien le rôle de l'inconscient… dont nous ne pouvons parler d'ailleurs qu'en en prenant conscience.

Pourtant, vous écrivez quelque part que dans de nombreuses situations, le fait de se représenter les choses – donc de les conscientiser – les diminue, les rabougrit…

Oui, mais cela n'est dû qu'au fait que notre connaissance consciente est toujours partielle par rapport à la réalité. C'est cette partialité même qui fait apparaître la prise de conscience comme une diminution, comparée à l'illusion d'une connaissance totale. En revanche, si l'on sait qu'on ne sait pas ou peu, si l'on ne s'imagine pas que la prise de conscience est définitive et qu'elle nous dévoile la totalité des choses, alors, je pense quand même qu'il vaut mieux être conscient des choses que de ne pas l'être.

Diriez-vous que votre démarche est matérialiste ?

Je ne me définirais pas ainsi, non. J'ai été amené à reconnaître dans l'œuvre de Spinoza la philosophie la plus proche de ce que nous pouvons apprendre des sciences actuelles. Et cette philosophie n'est pas matérialiste, contrairement à ce que certains croient. Évidemment, ce n'est pas non plus un spiritualisme. C'est un monisme du corps et de l'esprit, dans lequel les phénomènes mentaux et corporels sont perçus comme des aspects différents du même phénomène, qui peuvent être décrits tantôt à l'aide d'un langage physique, tantôt à l'aide d'un langage psychologique. Mais il ne s'agit là que de langages, qui sont plus ou moins adaptés à la description de tel ou tel phénomène. Dans certains cas, le langage physique est plus adapté, dans d'autres c'est un langage psychologique qui fait appel à des états mentaux. Mais il s'agit encore une fois de différences de langage, pas de différences de substance. État mental et état cérébral sont des façons différentes de parler des états de la même union indissociable du corps et de l'esprit. Autrement dit, contrairement à Descartes et à tous les dualistes – qu'ils soient des matérialistes voyant l'esprit comme un épiphénomène de la matière, ou qu'ils soient des idéalistes voyant la matière comme pensée par l'idée –, Spinoza pense, lui, qu'il n'y a qu'une seule substance et que celle-ci est à la fois pensée et matière, de manière indissociable, sinon dans le langage et dans nos modes de connaissances, forcément limitées.

Dans Entre la fumée et le cristal*, vous disiez que ce qu'on avait appelé en philosophie « la mort de l'Homme » – après « la mort de Dieu » – était en fait la mort d'une certaine conception de l'homme, de l'humain vu comme un système fermé. Alors que, dites-vous, si on le voit comme un système ouvert, il n'est pas mort du tout !*

En effet ! Mais alors, on ne peut plus le définir. Et il faut donc cesser de dire, par exemple, que telle ou telle modification apportée à l'organisme humain va « changer la nature de l'homme », ce qui devient une phrase inepte si l'on admet qu'il est justement dans la « nature » de l'homme d'être indéfinissable et de changer de « nature » !!!

C'est une autre façon de comprendre cette fameuse « incomplétude ». Cela dit, comment diable conciliez-vous votre adhésion évidente à une éthique de liberté et le fait, tout aussi évident, que vous tenez à décrire le monde, la vie, l'homme comme des mécaniques totalement déterminées, ce qui nous ramène à l'absence de libre arbitre que vous évoquiez plus haut ?

Dans mes derniers écrits, j'essaye de défendre une vision moderne du « déterminisme absolu » de Spinoza, qui est en fait, malgré le paradoxe apparent, une éthique de la liberté. Spinoza nie le libre arbitre, mais sans que morale et responsabilité disparaissent pour autant. Cela semble très paradoxal. Je m'en explique dans *La science est-elle inhumaine ?* Plus la science avance, plus s'accroît le nombre des déterminismes qu'elle découvre – et qui nous meuvent de l'extérieur. Plutôt que de s'accrocher aux trous du déterminisme, comportements que l'on croit librement choisis parce qu'on n'en a pas (pas encore ?) découvert les causes, autant renoncer à la croyance au libre arbitre, ne pas se faire d'illusions, et accepter que nous sommes déterminés… C'est alors seulement que peut émerger une « libre nécessité », qui est en fait la vraie liberté – qu'il ne faut pas confondre avec le libre arbitre – quand nous connaissons, comprenons et intériorisons de plus en plus ces déterminismes et y adhérons de façon active, aussi joyeuse que possible, du fait même de notre connaissance. Cette liberté est asymptotique : il s'agit, grâce à la connaissance, de se percevoir comme une partie de la nature, qui se cause elle-même de façon nécessaire. Et en se causant elle-même, elle n'est pas contrainte. Évidemment, un être humain ne contient pas en lui toute la nature ; il est donc nécessairement contraint par des choses extérieures à lui et, en ce sens-là, il n'est pas libre. Mais plus il intériorise la nature, en tant qu'elle agit en lui, plus il s'identifie avec cette expérience de la « cause de soi ».

Ce que vous dites de la différence entre liberté (possible) et libre arbitre (illusoire) me fait penser à la « vraie liberté » dont parlent les contemplatifs qui ont fait vœu d'obéissance absolue.

C'est un peu ça. Sauf que chez Spinoza, ce n'est pas contemplatif, mais actif, ce qui le rapprocherait des stoïciens, bien qu'il ait une pensée vraiment spécifique, et s'en sépare d'ailleurs explicitement. Il est vrai que, bien avant lui, mais de façon différente, moins articulée aux développements mécaniques des sciences modernes depuis le XVIIe siècle, de nombreux penseurs avaient affirmé un déterminisme absolu, estimant que la nature ne laisse aucune place au libre arbitre humain, mais que, dans certaines conditions – savoir y acquiescer, l'intégrer, l'intérioriser, la vivre –, cette situation devient une source de liberté, mais différente du libre arbitre, du libre choix. Cela ne change rien à la succession des choses qui passent et que nous faisons.

Elles sont les mêmes, mais elles sont regardées et donc vécues autrement ?

Voilà, on regarde de façon passive ou de façon active. Dans le premier cas, c'est l'aliénation, la

« servitude » comme dit Spinoza. Dans le second, cela peut devenir un chemin vers la liberté, une liberté tout à fait différente et moins illusoire que l'autre, plus heureuse peut-être aussi.

Une liberté fondée sur la fin de tout mythe ?

Non, plutôt sur une connaissance sans illusions. Dans *À tort et à raison*, je compare le mythe et la science. Il existe une rationalité dans le mythe, qui n'est évidemment pas celle de la science. J'ai été très intéressé par le colloque « Science et Conscience » de Cordoue, en 1981, et j'ai participé à celui de Tsukuba, en 1985. Le danger qui pèse sur ces tentatives de rapprochement du mythe et de la science est de confondre leurs rationalités.

Une grande découverte scientifique peut pourtant bien commencer par ce qui ressemble à un délire…

Oui, mais tous les délires ne produisent pas une théorie scientifique ! Ce qui caractérise une théorie scientifique, ce n'est pas comment elle a été découverte. Ce sont ses procédures de vérification et de transmission. Quand Morin dit que nous sommes des *Homo sapiens demens*, il ne confond pas les deux, mais rappelle qu'un même individu peut faire l'expérience du mythe, de l'irrationnel et de la rationalité scientifique. Les observateurs du colloque de Cordoue et de la suite étaient soit totalement critiques, affirmant qu'il ne pouvait y avoir de rationalité que scientifique, soit dithyrambiques, affirmant que la science ne faisait finalement que redécouvrir l'irrationnel des traditions anciennes.

Comme dans le Tao de la physique *de Fritjof Capra ?*

Exactement. Alors que, selon moi, les deux attitudes sont erronées. J'ai attentivement lu tous les comptes rendus de ces manifestations et cela n'a fait que me stimuler davantage dans mon désir d'écrire *À tort et à raison* – un livre qui m'a pris des années.

Vous vous êtes également intéressé de près à la Gnose de Princeton…

C'est différent. C'est une tentative d'opérer une synthèse des nouvelles sciences. Alors qu'à Cordoue, l'ambition était plus grande et me paraissait un peu folle. Or l'opération était menée par des scientifiques de qualité supérieure et cela m'a posé un énorme problème. Comment des chercheurs du niveau de David Bohm ou de Costa de Beauregard pouvaient-ils participer à une entreprise à ce point glissante ? Ce fut pour moi une véritable énigme à résoudre et c'est cela qui m'a poussé à écrire ce livre ! J'ai fini par comprendre que cela correspondait à un besoin profond d'unité, un besoin de synthèse générale, bien au-delà de la science, d'une synthèse scientifico-mystique qui expliquerait tout. Or, je pense que c'est justement au désir de satisfaire ce besoin-là qu'il faut résister.

N'y a-t-il pas pourtant un semblable désir d'unité dans le « monisme » de Spinoza auquel vous vous référez ?

L'union du corps et de l'esprit n'implique pas un mélange des genres de connaissance. Quoi qu'il en soit, nous ne pouvons pas disposer de théorie qui explique « tout ». Cela ne veut rien dire. Le croire a en outre quelque chose de totalitaire. Spinoza était très conscient de ne pas savoir comment chaque être singulier est connecté au reste de la nature, dans laquelle il est immergé et qui le traverse.

Savez-vous que certains philosophes critiques jugent avec une sévérité équivalente les théories de l'auto-organisation, en disant qu'elles visent à tout expliquer sans référence à quoi que ce soit d'extérieur à elle – que ce quelque chose soit transcendant ou pas. L'épistémologue Guy Béney parlait même à ce sujet, dans les années 90, d'un danger de « globalitarisme », qui serait bien pire que ce que nous avons connu sous le nom de « totalitarisme » !

Cela me semble bien excessif. On pourrait dire la même chose du darwinisme et de la théorie de l'évolution. Ces jugements témoignent d'une ignorance de ce que sont des modèles génériques, qui ne cherchent pas à tout expliquer, ni même à dire comment les choses se passent effectivement dans le détail. Ces modèles sont au contraire très ouverts, en ce qu'ils mettent en évidence des conditions nouvelles de possibilité. Parmi les alternatives se trouvent les divers avatars du créationnisme, dont le dernier est actuellement l'« *intelligent design* », qui prétendent, eux, pour le coup, tout expliquer, alors qu'ils ne font que poser l'Univers comme un mystère, qu'expliquerait quelque chose d'encore plus mystérieux.

Cette crainte de totalitarisme serait fondée s'il existait soit un maître tout-puissant, soit un parti omniprésent et omniscient, comme autrefois le parti communiste, qui serait censé détenir la vérité et savoir comment maîtriser la totalité du processus auto-organisateur..., expression d'ailleurs contradictoire dans ses termes mêmes. Non, s'il existe un danger totalitaire facile à imaginer aujourd'hui, c'est tout simplement celui qui émane de l'état actuel de la biologie et des technologies de l'information. Nous assistons actuellement à une sorte de biologisation de la société, à la fois fascinée et terrorisée par les performances des biotechnologies, réelles ou imaginaires d'ailleurs, diffusées largement et sans trop se soucier de rigueur, par toutes sortes de médias. Il semblerait que seuls les arguments biologiques puissent désormais être entendus et qu'ils doivent être aveuglément suivis ou rejetés – comme si là se trouvait le souverain bien, à la fois pour les individus et pour la collectivité. Là, oui, il y a un danger totalitaire. Vous savez que certains grands biologistes ont préconisé de faire une carte génétique pour chaque bébé qui naît, afin de pouvoir décider qui aura le droit de vivre et qui, au contraire, devra être tué.

Autrement dit, il y a toujours un danger de totalitarisme sur la base d'une nouvelle connaissance. Et ce danger est d'autant plus grand que cette connaissance est puissante et efficace, car alors la tentation grandit d'oublier que cette connaissance est forcément partielle et que, quelle que soit son efficacité, elle laisse forcément de côté d'autres aspects auxquels elle ne s'applique pas. C'est là où se trouve, à mon avis, un danger réel. Et ce danger a un homologue « naturaliste », dans une forme d'écologisme radical, qui imagine possible de réguler les sociétés humaines de façon écologiquement rationnelle, en sachant clairement ce qui sera bon dans l'avenir pour la Terre et pour l'humanité. Comme si c'était possible !

Ce qui est donc à souhaiter en premier lieu, c'est que nous ne nourrissions pas l'illusion que nous pourrions tout connaître et que notre connaissance, même profonde, puisse être totale et définitive.

Accepteriez-vous que l'on vous qualifie de néo-mécaniciste ?

Le mécanicisme consiste simplement à accepter le postulat d'intelligibilité de la nature. Ne pas poser *a priori* de limite aux capacités de comprendre, c'est-à-dire de découvrir les mécanismes à l'origine des phénomènes que nous observons. Ce postulat est indispensable pour entreprendre toute recherche scientifique : si l'on pense qu'il n'y a rien à comprendre, pourquoi s'y engager ? Mais ce postulat n'implique évidemment pas de croire que l'état de notre connaissance, encore une fois, soit jamais achevé.

Néanmoins, vous appelez vos contemporains à « rester vigilants », prioritairement vis-à-vis de quoi ? De quels éventuels dérapages ?

C'est tout le problème de l'éthique des sciences, pas uniquement de la biologie d'ailleurs ! Cela a commencé avec l'éthique de la physique et, notamment, de la physique nucléaire. C'est maintenant le tour de l'éthique biomédicale. Le problème vient du fait que l'application des nouvelles connaissances biologiques pose des questions de morale, de droit et de politique – alors que la science toute seule ne peut en aucun cas se substituer à la morale et à la politique.

Si bien que l'invitation adressée à vos lecteurs de faire l'expérience de la liberté dans le déterminisme, c'est bel et bien dans la vie quotidienne que cette invitation prend son sens, non ?

Aussi, bien sûr.

Ce qui me conduit à une question à la Woody Allen : le bonheur est-il auto-organisé ? Par exemple, vous dites qu'un système auto-organisateur doit pouvoir, pour évoluer, intégrer le « bruit », c'est-à-dire l'imprévu, l'accidentel, le mauvais aussi… Le bonheur serait de savoir intégrer le mal aussi ?

C'est la définition même de la liberté selon Spinoza. Ce qu'il appelle la « libre nécessité ». Il y a surtout, chez lui, comme on l'a vu, la notion de « cause de soi » que l'on peut, d'une certaine façon, assimiler à une forme d'auto-organisation. Un autofaçonnement de soi-même qui ne nie pas le déterminisme de la nature, mais au contraire, ne fait que l'exprimer !

Sans sombrer dans le tragique…

En essayant de le dépasser. De faire en sorte que les « passions joyeuses » l'emportent sur les « passions tristes » !

Table

Composition réalisée par IGS-CP

Achevé d'imprimer en septembre 2010, en Espagne par
LITOGRAFIA ROSÉS S.A.
08850 Gavà
Dépôt légal 1re publication : avril 2010
Édition 02: septembre 2010
LIBRAIRIE GÉNÉRALE FRANÇAISE - 31, rue de Fleurus - 75278 Paris Cedex 06

31/2826/1